MW00881617

LA SOMBRA DEL USURPADOR

FLOR M. GARCIA

LA SOMBRA DEL USURPADOR

ISBN: 9798377232100

Publicado de forma independiente.

Edición y corrección de estilo: Patricia Carrasco Del Carmen
Diagramación: Flor M. García
Diseño de portada: Samantha Hidalgo González - Gráfica Click & Print. Córdoba, Argentina.
Fotografía contraportada: Portafolio507 Servicio de fotografías - Panamá, Panamá.

Dedicatoria

Este libro está dedicado a todas las personas que sufren en silencio mientras esbozan una sonrisa fingida a su mundo exterior.

A las víctimas que nunca tuvieron voz y los que se mantienen entre sombras esperando su salvación.

He vuelto para mostrarte un poco de mi verdad porque todos podemos ser impostores de nuestra propia historia.

El silencio

Desde siempre Mercedes ha admirado y respetado a su abuela, una viejecita amorosa con largos rizos blancos y rebosantes mejillas, con una sonrisa graciosa que reflejaba bondad y paz, la paz que tanto le atraía a su nieta. De hecho, desde pequeña admiraba mucho a los adultos mayores por su sabiduría.

La relación de Mercedes con su abuela se fortalecía con el tiempo, pues, desde que ella y sus padres se mudaron a la ciudad, esperaba cada fin de semana para ir a visitarla, disfrutar de una deliciosa y calentita taza de café y ponerse al día contándole todo lo nuevo que estaba aprendiendo en la escuela.

La madre de Mercedes nunca le puso condiciones para visitar a su abuela, conocía la conexión que su madre tenía con la pequeña y sabía que estaba en buenas manos.

Además, al no haber sido bendecidos con otros hijos, dejaba que Mercedes encontrara en su abuela la compañía que quizás un hermano le hubiera dado; y, por otro lado, el abuelito Paco había partido años atrás, permitiéndole a ambas acompañarse y fortalecer ese lazo.

Así pasaron los años y aquella niña tierna que a todos hacía reír con sus ocurrencias pronto cumpliría su mayoría de edad. Una tarde, conversando con su abuela de trivialidades, le comentó que estaba por realizar una labor social en el colegio, un requisito para obtener su diploma. Fue entonces cuando su abuelita le recomendó elegir un asilo de ancianitos localizado en las afueras de la ciudad donde ella recordaba que trabajaba una gran amiga que hacía muchos años no visitaba. Es así como Mercedes, por motivación e inspiración de su abuelita, acepta la misión de hacer su labor social en aquel lugar.

De vuelta en el colegio, durante la clase su profesora, que había realizado la investigación con anterioridad, ubicó a las jovencitas en los distintos albergues y asilos seleccionados.

Mercedes se imaginó el asilo que su abuela le describió aquella tarde, un hogar cálido con ancianos, con un hermoso jardín y lleno de frondosos árboles, El Hogar de descanso: *El silencio*.

Su profesora se sorprendió con la elección de la chica pues hacía mucho que no enviaba a ninguna estudiante a ese lugar, era muy apartado y tenía guardado cierto misterio; sin embargo, no quiso restarle emoción a la joven.

Una mañana de un sábado lluvioso se levantó muy temprano para acudir al lugar que se encontraba en las afueras de la ciudad, motivada con la esperanza de ayudar no hizo caso a las gruesas gotas de lluvia que se deslizaban por la ventana del autobús ni de los nubarrones oscuros que se acercaban a toda prisa. El camino era algo accidentado, lleno de piedras, baches y rodeado de muchos árboles y cercas improvisadas. Una que otra casa se divisaban a lo lejos. Era un sendero largo lleno de curvas, brisa fría y mucha humedad.

Al cabo de unas horas se encontraba frente a la entrada del asilo. Un letrero de hierro corroído que colgaba de un tubo largo y delgado dejaba entrever el nombre de aquel lugar, "Hogar de descanso: El silencio. Un alivio para todas las almas".

Con la ayuda del paraguas que le había prestado su madre, Mercedes continuó el trayecto caminando. A unos cuantos metros logró divisar el viejo edificio rodeado por inmensos árboles frutales de hojas verdes y gruesas ramas, un hermoso jardín lleno de coloridas flores y una gran fuente de querubines. Todo resultaba tal cual lo había imaginado aquella tarde.

—Buenas tardes, soy Mercedes González, tengo cita hoy. Soy la estudiante que solicitó una visita por correo —mencionó por el intercomunicador del portón de hierro del edificio.

—Buenas tardes —respondió, al poco tiempo, una voz femenina— es un placer tenerla con nosotros, siga adelante.

La puerta se abrió lentamente dejando escapar un chirrido propio de aquellas estructuras con bisagras oxidadas que suelen tener las casas viejas.

El lugar se encontraba descuidado y oxidado; sin embargo, Mercedes estaba muy emocionada de estar por fin allí y poder cuidarlos como para notar esos detalles. Desde la ventana, junto a la entrada principal, una anciana miraba con curiosidad y cierto grado de amargura a la nueva visita. La puerta se abrió para recibir a Mercedes.

—Buenas tardes, mucho gusto, soy doña Teresa —saludó quien por su voz parecía ser la misma señora que le contestó anteriormente—. Estoy a cargo de este asilo, nos motivó mucho escuchar que quería ayudarnos. Pasa adelante, antes que te congeles ahí afuera. Últimamente está lloviendo mucho por estos lados.

—Muchísimas gracias, es un placer para mí poder ayudar, estoy muy emocionada de estar aquí —respondió con una gran sonrisa.

La señora Teresa le sonrió y le dio un abrazo caluroso. Detrás de ella, una anciana temblorosa se acercaba lentamente a la joven.

—Tu reflejo niña, tu reflejo es poderoso, es…. es…. pe…

—Dalila, ¿qué haces aquí? Deberías estar en tu habitación descansando. Ven, te acompañaré. —La señora Teresa la conducía lentamente hacía el lado izquierdo del pabellón—. Pronto estaré contigo niña, pasa adelante, estás en tu casa. No queremos que te vayas tan pronto ¿O sí? —sonrió a Mercedes con una mirada cómplice.

—Por supuesto que no, señora Teresa, estaré por aquí.

Mercedes aprovechó para mirar con detenimiento la gran habitación, era un recibidor de aspecto muy antiguo, tapizado con papel que pareciera que no se hubiera cambiado hace siglos, sus sillas de madera con diseños en los respaldares, descubrió que había tres ancianos más sentados en un sofá contiguo mirándola con detenimiento, uno de ellos le sonrió. Sobre la redonda mesa, cubierta por un mantel de tela, un jarrón de cerámica, periódicos, una canasta de frutas de la temporada y lo que parecía ser un botiquín, a juzgar por los dos pedazos de cintas cruzadas que estaban encima de la caja y que pintados con piloto rojo formaban una cruz, decoraban la sala.

Los ancianos no dejaban de mirarla como quién está frente a un invitado inesperado, lo cierto es que Mercedes lo era.

«Pobres ancianos, seguramente nadie los visita, puedo entender el motivo de su extrañeza», pensó ella mientras seguía observando el salón.

Cuadros viejos con fotos descoloridas y borrosas colgaban sobre la pared con pintura crema que empezaba a descascarillarse en algunas partes, en otras la humedad había hecho de las suyas llenando de moho una gran parte del lugar. Una vieja mecedora llena de telarañas y unos trapos sucios tirados en una esquina. Dio unos cuantos pasos para fijarse en los rostros de las personas que aparecían en las fotos cuando súbitamente apareció la señora Teresa.

—Lo siento, mi niña, tuve que esperar que Dalila se quedara dormidita, ha estado muy convaleciente últimamente. Veo que ya conoces a nuestros huéspedes. Son don Carlos, Esteban y Hermenegildo, tienen ya con nosotros más de una década, es curioso ese trío de viejitos, llegaron en el mismo año.

—Ah, son adorables, pero solo son cuatro huéspedes, señora Teresa, pensé que habría más ancianos en el lugar.

—Oh no, ya no, algunos sabes, se han ido muy pronto. —Se detuvo a mirar los alrededores—. Estas paredes son muy viejas, pero albergan muchos recuerdos, muchas vidas, muchos sufrimientos. La desilusión de saberse abandonados por sus familiares muchas veces es algo que no pueden superar. La tristeza logra despedazarte por dentro más rápido que la misma enfermedad — comentó la señora Teresa mientras se quedaba observando las fotos viejas colgadas en el pasillo.

Era un pasillo algo oscuro, no podría pedírsele mucho a esas lámparas de cristal que colgaban del techo, algunas tenían bombillos quemados... Como si nadie entrara a este lugar a hacerles mantenimiento, de hecho, el techo parecía...

—¡Ah! ven, te llevaré a dar un recorrido por las instalaciones, el lugar es bastante viejo y amplio, tratamos de conservarlo lo mejor que podamos, antes era más bonito, lástima que poco a poco se ha ido deteriorando, tiene pocos muebles como ya te habrás percatado, es un caserón muy antiguo.

—Sí, lo noté —respondió Mercedes saliendo de sus pensamientos—. No se preocupe, eso no es un problema para mí. Solo espero que mi visita les sirva de mucha ayuda.

—Seguro que sí, niña, seguro que sí.

Caminaron por todo el lugar mientras la señora Teresa le contaba la historia del viejo caserón.

—Esta casa se construyó hace muchos años… allá por la década del sesenta. En aquel entonces era el único edificio construido por aquí, la mayoría eran casas de quincha, barro y madera pues sus habitantes eran muy pobres, se dedicaban a la pesca, la venta de artesanías, legumbres y otros artículos, algunos pocos viajaban hacia la capital donde con sacrificio buscaban un mejor porvenir para ellos y sus familias.

Allá en la capital había edificios y casas de cemento —continuó—, mejor transporte y más oportunidades. Don Siberio, quién años más tarde se convertiría en el dueño de todo esto, trabajaba como arquitecto en esos proyectos de por allá, casas lujosas y bonitas para la gente adinerada, pudiente, aquellos que nunca se acostaban con hambre y siempre desayunaban con frutas como en las telenovelas de la radio. Cuando se jubiló decidió mudarse a este lugar y construir un edificio que funcionaría como hogar de reposo para él y su familia cuando viniera de visita.

Don Siberio vivió aquí hasta el año 1971 cuando enfermó y murió dejando todo en manos de mi madre, Agripina que en paz descanse, quien lo cuidó hasta sus últimos días pues su familia jamás lo visitaba. Mi madre dijo que había fallecido a causa de la malaria, aquel pobre viejo murió casi solo, sin sus seres queridos, se llevó un gran rencor a la tumba. —Doña Teresa se quedó sumida en aquellos recuerdos por unos segundos.

—Y … ¿Qué pasó después? —consultó Mercedes muy ansiosa de continuar con la historia. Entonces Doña Teresa volvió en sí, la miró y siguió relatando.

—Mi madre se quedó viviendo aquí y empezó a adecuar este lugar para brindar asilo a todos los ancianos que necesitaban cuidados y no tenían familiares o no los quisieran en tal caso. Así fue como mamá se hizo cargo de esos abuelitos y cada vez llegaban más y más. Algunos familiares los visitaban a menudo, otros jamás volvían. Los pobres fallecían con la esperanza de volver a ver a sus hijos. Nada.

—Es una historia triste, doña Teresa.

—Lo sigue siendo, hija, lo sigue siendo. Cuando terminé el colegio vine a vivir con ella para apoyarla, así fue como aprendí muchas cosas en este lugar. Éramos mamá y yo, siempre juntas hasta que un día... ella se fue.

Todo se redujo a un silencio rotundo en la habitación. Mercedes se sintió un poco incómoda por haberle indagado en la historia así que decidió cambiar un poco el tema.

—Es un lugar muy hermoso, aunque esté algo viejo. —El comentario de hecho, muy atinado, funcionó para que doña Teresa continuará relatando.

—Sí, sigue conservando esa energía oculta entre sus pasillos que le da vida y fuerza a estos abuelitos. Ven, te mostraré la cocina.

Afuera caía copiosamente la lluvia, truenos se escuchaban muy cerca del lugar, la brisa llamó la atención de los ancianos quiénes miraban curiosos el clima el cual cambió de forma inesperada. Luego del recorrido, Teresa acompañó a Mercedes hasta la habitación que usaría de ahora en adelante hasta culminar su labor social.

Se trataba de una habitación sencilla, con pocas comodidades, una cama pequeña y una mesita con una lámpara de noche que alumbraba muy poco, pegado a la pared un gran espejo ovalado lleno de polvo, con bordes de madera y diseño de flores que cautivó a Mercedes, quién inmediatamente comenzó a admirar su rostro.

—La vanidad es un pecado hija, a veces nos condena. Te dejo para que te pongas cómoda y descanses un rato mientras preparo la cena. Te avisaré tan pronto esté lista así aprovecharemos para que conozcas a nuestros abuelitos. Están muy ansiosos por saber de ti.

—Por supuesto que sí, señora Teresa, muchas gracias —dijo Mercedes sin apartar la mirada del espejo.

Y mirándola con recelo, la señora Teresa sonrió.

«Qué tendrán los espejos que nos cautivan tanto» pensó Mercedes mientras se dejaba atrapar por el claroscuro del iris de sus ojos que se reflejaba en aquel espejo que parecía estar sucio. Comenzó a limpiarlo con sus manos, pero algo muy extraño sucedió.

Por su mente pasaron recuerdos vagos y sombríos, recuerdos sin explicación alguna, se sintió ensimismada, como si el espejo la empujara hacia él vislumbrada por su misteriosa belleza, como si ejerciera una extraña fuerza sobre ella sin que Mercedes pudiera evitarlo.

Viejos rostros que no distinguía se posaron en las orillas de aquel objeto y giraban y giraban, ojos escuálidos y apesadumbrados pasaban de un lado al otro, sombras encorvadas que se posaban detrás de ella, voces que le susurraban al oído rezos y penas sin que ella se diera cuenta de lo que estaba ocurriendo a su alrededor. La chica comenzó a sentirse débil, mareada y enseguida se desvaneció.

—Niña, despierta … Despierta, ¡Mercedes, despierta!

Teresa trataba de levantar a la muchacha que yacía en el suelo de su habitación inconsciente.

—¡Mamá, ¿eres tú?, mamá, me siento muy mareada.

—Hija no soy tu madre, soy la señora Teresa, ¿me recuerdas? Estás en el asilo El silencio. Vine a avisarte que la cena ya estaba lista pero no pensé encontrarte en el suelo. ¿Te encuentras bien?

—Si, eso creo… Señora Teresa, creo que me desmayé y comencé a tener sueños muy raros. No sé qué me pasó, discúlpeme en todo caso.

—No te preocupes, hija, aunque ya tu cena se enfrió. Hermenegildo no quiso esperarnos más, ese viejo loco siempre tiene hambre. Ya lo conocerás mañana. Te dejo la cena en la mesita, espero que puedas descansar, será mejor que te quedes aquí el resto de la noche. Si necesitas algo solo avísame, estaré en la habitación de al lado, es la puerta celeste con el florero a un costado. Descansa.

—Sí, gracias. —Mercedes aún se sentía mareada—. Espero sentirme mejor mañana. Gracias por su hospitalidad, es usted muy amable.

Doña Teresa vio que la joven había intentado limpiar el espejo con sus manos.

—Cuidado, Mercedes, dicen que los espejos aguardan muchos secretos y ese espejo en especial es muy viejo —le comentó la señora mientras cerraba poco a poco la chirriante puerta de madera gastada.

Mercedes se quedó pensando en esas últimas palabras... Consideraba que podría tratarse de una broma, dichos de ancianos, a pesar de lo ocurrido se sentía muy atraída por aquel espejo maravilloso de corte antiguo que adornaba su habitación.

En los espejos habitan almas, almas perdidas que se encuentran con el observador una vez que posa su mirada en él. Los espejos susurran secretos que solo aquellas almas atormentadas pueden saber, conocen todo lo que pasa a nuestro alrededor y también nos quitan vitalidad. Nos roban energía, nuestros deseos, nuestra pureza e incluso nuestra propia alma.

Con el pasar de los días Mercedes se sentía más cansada, experimentó constantes mareos, se sentía sin fuerzas inclusive con aquellas tareas fáciles del quehacer y poco a poco dejó de sonreír. Prefirió pensar que ver a sus familiares era tal vez lo que le hacía falta.

Por otro parte, notaba que ahora que ya había salido del colegio y que pasaba sus vacaciones en aquel lugar, los ancianos se sentían más contentos, más cómodos con sus visitas e inclusive rejuvenecidos.

Algo que Mercedes interpretaba como empatía y una forma de aquellos viejitos de expresarle su agradecimiento por pasar tiempo con ellos ya que en aquel lugar nunca recibían visitas, ni siquiera de sus familiares.

Un día, mientras limpiaba la oficina de doña Teresa, encontró una vieja caja muy particular, rasgada y llena de polvo. Como era muy curiosa pensó en abrirla, no obstante, sintió que aquello no era correcto. Al cabo de unos minutos de pensarlo con el vaivén del trapeador, decidió abrirla, no sin antes asegurarse de que la puerta estuviera bien cerrada.

Dentro de la caja había objetos muy particulares… un listón rosa, unas fotos viejas, un poco de cabello envuelto, un pedazo de uña, un fragmento de espejo, un papel amarillento achurrado y unas flores resecas.

Aquellos objetos le parecían muy desconcertantes, se preguntaba qué podría estar haciendo una caja tan extraña en la oficina de la señora Teresa.

Tomó las fotos para intentar reconocer a alguien, se trataba de personas muy jóvenes, tres hombres, una mujer joven y muy guapa de cabello largo y liso, una anciana de tez clara y cabello ensortijado y una jovencita, al parecer muy cercana ya que la señora de la foto la abrazaba muy efusivamente. Aun así, la joven parecía muy triste, desaliñada y enferma, lucía delgada, encorvada y con una mirada perdida. El aspecto de aquella joven le transmitía cierto terror a Mercedes.

«¿Quién era esa joven? —pensaba Mercedes— ¿Sería acaso la señora Teresa en su juventud? ¿Serían esos hombres los señores del asilo? Solo había una forma de saberlo, preguntándole a la señora Teresa…Hum... ¿Cómo hacerlo sin que supiera que había husmeado en aquella caja?»

De seguro Mercedes encontraría la forma, era demasiado curiosa para quedarse con la duda. Volvió a mirar la caja y tomó aquel papel viejo para abrirlo.

Nada está oculto para los que estamos adentro… —estaba escrito en el papel—. *Lo opuesto a la hora milagrosa, lo opuesto a la bondad, mira a través de él y rejuvenecerás.*

Aquellas frases de momento no le decían nada; sin embargo, pronto le sería familiar. Mercedes bajó las escaleras esperando encontrar respuestas a sus dudas e ideando la forma de llegar a ellas.

Caminó por la sala, tan sola como los búhos a la medianoche, ni un alma; se detuvo en el pasillo hacia el portal, le llamó poderosamente la atención que la puerta de la habitación del señor Hermenegildo estaba abierta y también tenía un espejo igual al de ella solo que este se veía menos antiguo. «Seguro lo había mandado a restaurar —pensó—, se veía muy pulido».

Continuó su camino hacia el pasillo de enfrente cuando divisó a la señora Teresa entre los anaqueles de la despensa.

—Señora Teresa, ¿Desea que la ayude aquí?

—No, hija, no se preocupe. Mas bien tráigame las cajas que están afuera para acomodar el mercado.

Entonces salió a buscar las cajas que estaban a un costado de la escalera de la entrada. Hacía un sol radiante con algunos pequeños nubarrones a lo lejos y una brisa fresca.

El jardín de aquel asilo era lo más hermoso, de hecho, uno de los únicos lugares que daba vida y color al lugar. Por las tardes, la joven acompañaba a la señora a regar las plantas, cortar las hojas y retirar ramas secas. Desde su llegada habían empezado a germinar algunas plantas y a florecer algunas otras.

—Mercedes hija, tráigame las cajas —escuchó a lo lejos a doña Teresa.

—Ya voy, ya voy —respondió dándose cuenta de que había olvidado por unos segundos el mandado.

De regreso con la pesada caja se encuentra con don Hermenegildo, quien siempre la recibía con una gran sonrisa.

—Don Hermenegildo, ¿cómo está hoy?

—De maravilla hija, me siento rejuvenecido. Estoy muy contento de que estés aquí.

Mercedes no contestó, pues pensaba por un segundo en que realmente aquel anciano, el más longevo del asilo se veía muy bien. Mientras observaba la inmensa sonrisa que se le dibujaba en su rostro recordaba que había mejorado mucho desde que ella llegó.

Él siguió su rumbo, pero la joven seguía pasmada observándolo, pensativa. Sostenía con ambas manos la pesada caja que, la semana anterior, cargaba sin ninguna dificultad. Continuó caminando hacia la despensa para conversar con doña Teresa.

—Menos mal, hija, estaba por creer que te habías perdido en el camino.

—No para nada, me quedé conversando con don Hermenegildo que... A propósito, señora Teresa... ¿No ha notado una gran mejoría en él de unas semanas hacia acá?

—Puede ser hija, debe ser porque ahora se alimenta mejor. Los vegetales ahora nos llegan más frescos y la comida tiene mejor sazón.

—Señora Teresa... Puedo preguntarle... Antes de mí, ¿no había venido nadie a ayudarles en el asilo? ¿Alguna enfermera, otra chica, estudiante tal vez?

La señora que se mantenía de espaldas dejó de acomodar las cosas en la despensa. Movió un poco la cabeza hacia su derecha como si no hubiera escuchado la pregunta y luego de unos segundos incómodos contestó.

—Que yo recuerde no, si fue así debió ser hace mucho tiempo cuando mi memoria aún funcionaba, hija mía. Ya estoy algo vieja, muchacha, tal vez ya lo olvidé.

Mercedes se quedó pensando en su respuesta que no sonó convincente. Se preguntaba quiénes serían las personas de aquella foto. Coincidían muy bien con todas las personas en ese asilo incluso con doña Dalila, la viejecita que la miraba con recelo el día que llegó y que la semana pasada partió a un mejor lugar.

—Acomodaré las demás cosas más tarde. Ya es hora de cocinar —dijo doña Teresa mientras se alejaba hacia la cocina dejándola sumida en sus pensamientos.

Así que la joven se acercó a la sala donde los viejitos jugaban ajedrez con gran agilidad y alegría.

—Don Carlos, don Esteban... ¿Cómo están hoy?

—Bien hija, de maravilla hoy —contestó don Carlos mientras don Esteban analizaba su próxima jugada.

—Don Carlos, sabe usted si antes de mí, ¿hubo otras personas aquí ayudándoles? ... ¿Alguna enfermera, otra estudiante, alguien más cuidándoles?

Don Carlos se quedó pensando en la pregunta. Movía constantemente su labio inferior, por la expresión de sus ojos se notaba que seguía tratando de recordar.

—Ahora que recuerdo... Sí, hubo alguien. Una jovencita muy hermosa. —Mercedes se llenó de curiosidad—. No recuerdo cómo se llamaba, solo recuerdo que era sobrina de doña Dalila, si eso es, era su sobrina... Estuvo cuidándola una temporada, pero luego la pobre enfermó y no volvimos a saber nada de ella.

Mercedes comenzó a atar cabos. Sacó de su bolsillo la foto que estaba en la caja, la había tomado para tratar de compararla con los demás cuadros del asilo.

—¿Una chica como ella acaso? —dijo mostrándole la foto a don Carlos.

—¡Sí! Ella era la jovencita, ahí ya se notaba enferma porque yo la recuerdo muy bonita y repuesta —comentó don Carlos al ver la foto.

Don Carlos volvió la vista al tablero antes que don Esteban le hiciera trampa como acostumbraba a hacerlo.

La jovencita se quedó meditando en todo lo que había dicho don Carlos, en cómo doña Teresa había omitido contarle esto y por qué motivo aquella joven había enfermado.

Reparó en que, desde que llegó al asilo, ella también se sentía agotada, sin energías y por primera vez se preocupó por la situación que la aquejaba pues lo que antes le parecía una coincidencia ahora la llenaba de misterio.

Lo mejor sería alejarse cuánto antes de aquel lugar, aunque ya solo faltaban un par de semanas para cumplir sus horas de labor social, un requisito para entrar a la universidad que tanto deseaba.

Caminó hasta su habitación con mucho miedo repasando cada evento sospechoso o extraño por el que había pasado en los últimos días.

«Lo opuesto a la hora milagrosa, lo opuesto a la bondad, mira a través de él y rejuvenecerás», repetía en su cabeza tratando de resolver aquella frase que parecía más bien un acertijo.

Mientras lo hacía, sintió cómo su cuerpo se desvanecía nuevamente, aquella sensación parecía envolverla en un profundo trance, se repetía cada noche en su habitación, susurros que parecían provenir de aquel misterioso espejo.

Se acercó a él como si tratara de encontrar la respuesta allí pero solo vio su reflejo, un rostro pálido y descompensado, ojeroso y compungido.

Por unos segundos se quedó detenidamente mirando su rostro carente ahora de la belleza que siempre la caracterizaba, sus ojos hundidos, sus labios resecos, su piel… «¿Qué está pasándome?» se preguntó.

Sobrevino una voz a su mente «Juventud tendrás, a cambio un alma virgen me darás».

Mercedes se asustó y volvió en sí, se alejó como pudo del espejo, esa voz, ese susurro lo escuchó claramente.

La oscuridad del atardecer comenzaba a colarse por la ventana de madera de aquella húmeda habitación anunciando el presuroso paso del anochecer.

Angustiada, caminaba de un lado para el otro creyendo que se había vuelto loca en aquel lugar, que todo podría ser parte de su imaginación, que su mente le estaba jugando una mala pasada, el cansancio de la nueva rutina a la que ahora se adaptaba, quería buscar una causa que justificara lo que le estaba sucediendo, pero lo único que recordaba era el agradable comportamiento de sus tiernos abuelitos quienes nunca la habían tratado mal.

Sucesos parecidos continuaron ocurriendo durante aquellos días y la joven, quien semanas atrás estaba emocionada por ayudar a los ancianos de aquel lugar, ahora solo deseaba terminar su labor allí cuanto antes y volver a casa.

Por fin se llegó el día de regresar a su hogar y ya tenía sus maletas listas desde el día anterior. Se levantó temprano aquella mañana lluviosa y llena de relámpagos. Curiosa observó por la habitación que tal como la recibió este lugar así mismo la despediría; sin embargo, así tuviera que irse bajo la intensa lluvia se prometió a sí misma que no pasaría otra noche allí.

Doña Teresa, quien siempre le tenía su desayuno preparado, esa mañana llegó a su habitación mientras Mercedes terminaba de limpiarla.

—Niña, aquí tienes tu último desayuno. Estamos muy agradecidos por todo lo que nos has ayudado en este tiempo. Los abuelitos te tienen preparada una pequeña sorpresita en el vestíbulo.

—Oh muchas gracias, señora Teresa. Estoy muy emocionada de volver con mi familia y haber cumplido mi misión aquí.

—Estoy segura de eso, hija —respondió mientras admiraba el espejo que ahora parecía roto y que por un instante se iluminó en el borde.

Mercedes devoró el desayuno, pues estaba delicioso, además de eso estaba muy contenta por disfrutar ese día, el día en que saldría de El silencio para nunca más volver.

Bajaron juntas las escaleras y los viejitos estaban esperándola en el vestíbulo. Todos estaban contentos, en especial la jovencita quien ansiosa esperaba este momento.

Uno de ellos, don Hermenegildo se acercó a ella mirándola de forma misteriosa y le dio una pequeña caja con un hermoso moño rosa. Aquella caja le pareció familiar a Mercedes quien al levantar su mirada hacia el anciano logró notar una pizca de maldad en sus ojos. Mercedes abrió la caja y lo que encontró la destrozó por completo.

Un listón de su ropa, aquella foto tomada en el comedor el día que cumplió el señor Esteban en donde ella aparecía rodeada de los ancianos del asilo, una bolita de cabello envuelto, un fragmento de un espejo y un papel doblado.

Mercedes no podía creerlo, en ese momento el tiempo se detuvo, experimentó un miedo muy intenso y sus manos se pusieron frías. Sería aquello una broma de los viejos al darse cuenta de que ella encontró la caja en la oficina de doña Teresa o acaso…

Mercedes abrió la nota seguida por la mirada de todos los presentes quienes la rodearon ansiosos esperando que la leyera:

Juventud darás, tu alma en estos pasillos vagará. Un espejo por siempre admirarás y ahora en un recuerdo te convertirás.

Al pronunciar aquellas palabras, la puerta se abrió de golpe y un intenso viento helado llenó el recibidor hasta llegar a Mercedes quién dio un grito desgarrador y cayó al suelo desmayada ante los ojos de aquellos viejos. La escena pasó tan rápido y por unos instantes todos miraban a la chica esperando ver lo que sucedería. La brisa cesó llevándose consigo el alma de la pobre muchacha y nuevamente el silencio se apoderó del lugar.

Los ancianos aplaudieron y celebraron el final de su rito el cual por fin había sido completado. Tendrían juventud por unos años más gracias a aquel ritual del espejo roto que una vez juró darle vitalidad a cambio de un alma inocente, joven y virgen.

***

A los días se publicó en el periódico la desaparición de una chica de dieciocho años que iba de regreso a su casa luego de haberse despedido de los abuelitos del hogar El silencio. Mercedes ahora vaga por los pasillos de aquel asilo buscando encontrar un alma que ocupe su lugar para liberarse de aquel rito y por fin volver a su verdadero hogar.

Las sombras de una conciencia

Aquella tarde del 22 de diciembre de 1987 algo extraño sucedió en la casa de los Morgan Palacios. La policía se orilló en el redondel del jardín de aquella elegante casa y acordonó el área. Los vecinos salieron de sus casas alertados por el ruido de las sirenas, algunos comenzaron a reunirse y comentar sus teorías.

Muchos de los presentes argumentaban que Víctor, el tío de los pequeños, pudo robarle a algún pobre diablo para comprar sus porquerías. Era lo más lógico dadas las circunstancias en las que lo encontraron la otra noche en el parque. Aquello era una vergüenza para la tan prestigiosa familia poseedora de haciendas, empresas de textil y ganado consolidada por años y años en la región.

Don Rafael protegía mucho a Víctor, comprendía que su hijo nació en una época difícil y tuvo que crecer bajo la tutela de Serafina, su madrasta, que lo terminó de criar luego de que su verdadera madre los abandonara sin razón alguna. Serafina nunca quiso a Víctor ya que este siempre reclamaba que su madre era mejor que ella, por tanto, su madrastra hacia todo lo posible para ignorar al pequeño niño y castigarlo hasta por el más mínimo detalle.

Cuando don Rafael llegaba a la casa luego de un arduo día de trabajo, Víctor se escondía para que su padre no viera los moretones que Serafina le dejaba, algunas veces tuvo que fingir no tener hambre para ocultar los golpes que tenía en las mejillas o en sus labios. Aquel niño sabía que si exponía a Serafina le iría peor al día siguiente pues Don Rafael siempre le creería a su amada mujer.

Del gran portón de madera de roble hacia afuera, la familia Morgan Palacios era ejemplar e intachable, pero al cerrar las puertas, los gemidos lastimeros de aquel pequeño niño eran ignorados y su dolor, escondido en lo más recóndito de su alma. El recuerdo de su madre ausente era lo único que lo mantenía fuerte, esperando que algún día pudiera volver a verle.

A medida que Víctor iba creciendo, su abnegado amor por su madre fue cambiando, poco a poco se dio cuenta que su madre jamás regresaría, los había abandonado. Nunca comprendió el porqué.

Su padre jamás le prestaba atención, nunca escuchó sus dudas, sus miedos que se anidaban muy profundo dentro de su perturbada cabecita y se mezclaron con ese sentimiento de abandono y reclamo en su mente esperando algún día una explicación. Al llegar la adolescencia encontró en que desahogar sus penas. No finalizó sus estudios a pesar de que su padre se empeñaba en que se graduara de una prestigiosa universidad para que heredara el mando de la compañía de la familia. Pero Víctor sabía que a su padre lo único que le importaba era criar a un hijo fuerte, valiente y de carácter que tomara su lugar; jamás supo cuántas lágrimas derramó su hijo a escondidas o cuantas veces se iba a la cama sin probar bocado por culpa de su madrastra, tampoco supo si amanecía en casa, algunas veces parecía que al haber olvidado a su antigua esposa prefirió apartarlo de su lado porque quizás, le recordaba todo de ella.

Entre murmullos y gritos la noche fue cayendo y la luna se asomó en lo alto irradiando su luz entre los frondosos árboles de cerezo del garaje como si vislumbrara la gran tragedia que había ocurrido.

Los vecinos, extrañados por los ruidos que escucharon en la casa, continuaban en la orilla de la gran cerca, sacando sus propias conjeturas hasta que el portón de madera finalmente fue abierto dejando ver dos agentes con una camilla pequeña. En la camilla celeste se transportaba lo que parecía ser un cuerpo pequeño tapado en una sábana blanca teñida de sangre. Todos los presentes quedaron impactados al ver aquella escena, se escuchó una expresión de asombro al unísono; algunos vecinos se acercaron a la puerta al escuchar los gritos y lamentos angustiosos de una mujer dentro de aquella casa quien resultó ser la niñera de Esteban, para ofrecerle consuelo ante una situación que aún desconocían, otros comenzaron a atar cabos mirándose entre sí.

La madre de Esteban no estaba en la casa en ese momento.

Don Rafael, muy cabizbajo, salió tras la camilla disponiéndose a sacar el auto del garaje. Ambos vehículos se alejaron del lugar hasta que poco a poco se perdieron en la calle. Luego de un par de horas todo fue quedando en una aparente calma.

Aquella larga noche consumió por completo las esperanzas de la desdichada familia que, derrumbada, lamentaba la pérdida del pequeño Esteban.

A la mañana siguiente, don Rafael, compungido y algo desaliñado, se dirigió a su trabajo muy temprano luego de una taza de café caliente. Decía que el café caliente te hacía tomar decisiones inteligentes y acertadas y esa mañana debía tomarlas. Acostumbraba a mirar desde su ventana de grandes vidrios y cortas esperanzas, las calles de la ciudad por donde las personas caminaban dirigiéndose a sus trabajos con mentes dispersas, dilemas a cuestas y miradas vacías donde en otros tiempos se deleitaba seguro de su posición, con su saco recién planchado, sentado en su elegante escritorio repleto de hojas, fanfarroneando su estable y pudiente vida. Pero hoy una gran pena lo agobiaba y le apretaba el pecho sin saber que ese sería el último de sus días.

Debía realizar un par de llamadas antes de dejar la oficina, lo cierto era que no podía siquiera estar dentro de su casa. Su socio le cubriría la espalda para que pudiera volver a su seno familiar y brindar las fuerzas necesarias, fuerzas que no creía poseer.

Preocupado por la situación que estaba viviendo, se dispuso a llamar a un abogado que pudiera hacerle frente a la tragedia en la que se veían envueltos gracias a las hazañas de Víctor.

Miedo y tristeza, agonía e impotencia, cómo describir algo tan monstruoso. Únicamente la desgracia rondaría aquella familia de allí en adelante pues su hijo había cometido un horrendo crimen, tan perturbador que incluso la policía se sentía conmocionada.

La culpa y los recuerdos comenzaron a merodear la mente de aquel viejo que intentaba buscar una solución menos tortuosa para él y para el honor de la familia, su conciencia le pesó y, consciente del daño irreparable que Víctor les causó, entendió finalmente que sus posibilidades se habían agotado.

Pocos minutos pasaron para que esta gran pena llegara a lo más profundo de su ser y así, como su esposa se fue de sus vidas, también lo hizo don Rafael. Aquel escritorio de madera fina solo era el sostén del cuerpo sin vida de ese viejo desdichado que albergó tanta amargura en su corazón y al cual hoy ni el perdón lograría aliviar su libre alma.

Inerte y aún tibio, dando fin a sus preocupaciones a aquellas penas que por mucho tiempo lo aquejaron, encontraron el cuerpo de don Rafael esa misma tarde.

Aquel muchacho acabó con su padre y también con su vástago en escasas veinticuatro horas poniendo de manifiesto el resultado de sus traumas que por años se hallaron reprimidos. Sobre aquella escena se evidenciaba el poder de la muerte por encima del poder, del honor, de la bondad, de la vida.

Se dice que los padres deben proteger a sus hijos, brindarles amor y seguridad, jamás deben hacer lo contrario. Pero en esta historia no estoy hablando precisamente de don Rafael.

Víctor llegó la tarde anterior bajo los efectos de las drogas y el alcohol, vestía un abrigo con capucha negra, una camisa blanca manchada de sangre, un cuchillo en su mano y un pantalón negro. Ingresó a su habitación como de costumbre y nadie le prestó atención. Luego de un rato, su pequeño hijo lo visitó esperando alegrar a su padre con un carrito de madera que construyó en la escuela, pero su padre descargó en él toda su impotencia y maldad. El niño nunca logró lo que quería.

Víctor, luego de unos minutos asimilando lo que había hecho, salió de sus aposentos susurrando entre lágrimas que había liberado el alma de un ser puro e inocente para que no tuviera que vivir lo que le tocó vivir a él.

Don Rafael sabía que Víctor añoraba desde pequeño los abrazos de su amorosa madre, pero cuando la muerte se la arrebató no quedaron más que tristes recuerdos en la adolorida mente de su hijo y sus esperanzas se disiparon. Le recordaba a cada rato aquel abrazo que su madre le dio por última vez esa tarde lluviosa cuando salía de casa junto a sus amigos, era una reminiscencia entre barajes desconocidos por una memoria que se deshace a través del tiempo.

Don Rafael sabía que su hijo nunca le perdonó a su madre el haberse ido, el haberlos dejado, vivía con remordimientos sumido en sus pensamientos tan dispersos que prefería no tomarles atención cada vez que Victor intentaba buscar en él un poco de consuelo para evitar sentirse más culpable por un matrimonio fracasado.

Al conocer la noticia de la muerte de su madre un tiempo después de haberlos abandonado, Víctor se volvió presa de la depresión y volcó sus culpas en el alcohol, pasaba noches en vela, días sin probar bocado, vivía al borde de la locura atravesando una época difícil de su juventud. En ese momento, su padre perdió la poca autoridad que tenía sobre él y sobre Serafina quien, cansada de vivir esos dramas, decidió separarse de Rafael. Años después, se enteró que su nieto venía en camino, acogió a su nuera en la casa; sin embargo, sabía que la relación entre su hijo y aquella humilde muchacha nunca había sido buena. Su nieto sería producto de una noche de tragos y Víctor jamás lo quiso.

Don Rafael sufría con la ausencia de cariño en esa relación y se culpaba porque veía en el pobre niño la misma distancia y frialdad que dejó crecer entre su hijo y él. Trabajaba desde muy temprano y sumergía en su empresa aquella impotencia que sentía al no poder cambiar esa situación, contemplaba desde lejos los malos tratos que Víctor le daba a su esposa. Lo único que le quedaba por hacer era proteger a su nieto para que la historia no volviera a repetirse.

Don Rafael corrió a ver lo que su hijo hizo y encontró la escalofriante escena, entre destrozos de tela, un baño de sangre era la antesala a la mutilación del cuerpo de su pequeño nieto de cuatro años.

Con el dolor en su enfermo corazón y casi en estado de conmoción, dio parte a las autoridades quienes intentaron manejar el caso con la mayor discreción; el muchacho fue llevado a un hospital para conocer su estado actual y deliberar a partir de allí el proceso a seguir.

El llanto, los gritos y las lamentaciones entre charcos de sangre no se hicieron esperar en el oscuro sótano de la gran casa. Don Rafael estaba devastado sin poder procesar el atroz cuadro que se cernía frente a él. Sangre de su sangre, su propio hijo convertido en un criminal; su nieto, su único nieto arrebatado de tal forma mientras él, relajado, tomaba su siesta dos pisos arriba. Qué irónica es la vida cuando se propone serlo.

***

Querido hijo:

Hoy, contemplo tu pálido rostro de cerca en este ataúd e intentó creer que soy presa de un desafortunado sueño y recuerdo lo mucho que te quería justo ahora al verte en esta lujosa caja de madera fina.

Supongo que en lo rutinario nos olvidamos de vivir lo realmente trascendente para nosotros, que en el afán de vencer nuestros propios dilemas sacrificamos la felicidad de quienes nos aman tanto mientras se consume aquello que tanto tememos, el tiempo.

Y duele, duele verte y saberme perdida en este mundo incierto, en un mañana no prometido, duele saber que nunca más volveré a contemplar tus ojitos, mi destello, que jamás volveré a tomarte entre mis brazos mi niño inquieto, por eso estas lágrimas que ahora se cuelan entre mis ojos se vierten de lo más profundo de mí.

Te descuidé, te dejé solo, te perdí para nunca más encontrarte y te miro, te miro detenidamente para no olvidar ningún detalle de tu rostro porque sé que esta será mi última oportunidad de hacerlo.

Y es que ahora que me dejas en este mundo hostil en la más completa soledad, comienzo a percatarme de este vacío hondo en mi pecho que me carcome por dentro hasta llegar a mi fría conciencia.

Hoy me toca dejarte ir para que, junto a tu abuelo, caminen felices a la eternidad... esperando pronto viajar a tu lado.

Con amor, tu madre.

***

El cuerpo sin vida de la madre del pequeño se encontró flotando en el río días después de su sepelio. Uno de los vecinos alertó a la policía al encontrar el cuerpo de la joven desaparecida.

Hay pérdidas que dejan una huella imborrable en el alma, que cavan un dolor profundo incapaz de sobrellevar. La gran casa de los Morgan Palacios hoy reposa sola entre oscuros rincones y desoladas llanuras, la brisa que pasa sigilosa es testigo del lamento que yace impregnado en las paredes de aquel sótano al que un día un pequeño bajó en busca de amor y atención.

Se escucha entre los barrotes de la cárcel el llanto de su arrepentido padre prometiendo una y otra vez lo que nunca podrá cumplir, la soledad y una consciencia borrosa son sus fieles compañeros de celda y entre sollozos desea devolver el tiempo a ese momento en la historia de su vida que más anhela.

Sobrevivimos en un presente que no somos capaces de afrontar, aferrados aún a las penas de un pasado que ya no podemos cambiar. Todos podemos ser impostores de nuestra propia historia.

Un secreto a ciegas

A veces no necesitas ver a un fantasma para sentir miedo. A veces basta con conocer las verdaderas intenciones de las personas que te rodean.

Pasaba todos los días por esa calle de camino al trabajo siguiendo mi rutina habitual, sin saber que ese día sin querer, estaría salvando vidas.

«Mañana soleada con probabilidad de lluvias aisladas en horas de la tarde…» se escuchaba a través de la radio del taxi en el que viajaba mientras que yo trataba de ponerme al día en mis redes sociales.

Inesperadamente un auto se atravesó frente a nosotros y el señor del taxi frenó tan fuerte que me golpeé con el asiento delantero. Fue un golpe fuerte que me dejó un poco mareada, alcancé a escuchar los gritos de ambos hombres en cuestión discutiendo por la causa del choque y, claramente, ambos creían tener la razón.

Desde que la verdad se esconde la razón pierde su juicio.

Mientras el taxista le gritaba todo tipo de improperios al despistado conductor de aquella vieja camioneta gris yo buscaba mi celular en el piso del auto.

«Vaya forma de empezar el día», pensé.

Cuando lo encontré, me bajé para tomar otro taxi y llegar a tiempo al trabajo. Por supuesto que tampoco le pagaría al taxista por un servicio prestado que no completó.

Estábamos a mitad de la calle frente a un edificio de pocos pisos con humilde fachada y pintura descascarada.

Me refugié del sol bajo la sombra de un frondoso árbol de almendras. Miraba a ambos lados, pero no pasaba ningún transporte.

Vi salir de aquel edificio a dos hermosas niñas rubias de la mano de un hombre alto, fornido, de aspecto sucio y ajado que jalaba con mucha prisa a ambas criaturas hacia la orilla de la carretera.

Por el cuadro que vi, asumí a primera instancia que eran familia. Sin embargo, la mirada triste y desorbitada de una de ellas me llamó poderosamente la atención, tanto que no logré quitarle la vista de encima buscando conectar con la pequeña para darle una sonrisa. Un simple gesto puede cambiar tu perspectiva.

No quise quedarme con la intriga y deseaba averiguar lo que le pasaba. Así que los seguí con disimulo hasta el otro edificio, esperando ver una reacción distinta por parte de la pequeña.

Entraron a la planta baja rápidamente y el hombre cerró la puerta con seguro, no sin antes mirar a todos lados.

Quise alejarme y dar por culminada mi loca idea, continué buscando un taxi desocupado, pero sabía que no me quedaría en paz durante el día hasta saciar mi curiosidad, ese simple acto de aquel hombre me intrigó aún más. Caminé un par de pasos más hacia la puerta de aquella habitación del edificio y escuché sus voces. Percibí un llanto.

Me detuve frente a la ventana tratando de captar mejor aquel ruido. Una escena trágica y horrible se dibujaba frente a mí.

Vi cómo las arrodillaba frente a él y las despojaba de sus camisitas blancas de escuela; vi como las miraba con deseo y lujuria relamiendo ansioso sus labios mientras pasaba sus dedos por sus sedosos cabellos rizados, el brillo extraño de sus pupilas denotaba su deseo incontrolable, en ese momento imaginé que no era su padre o si lo era no las veía de ese modo.

Por la actitud sumisa de la niña mayor supe que no era la primera vez que pasaba pues solo aguardaba cabizbaja su invariable destino. Mientras trataba de acercarme más a los barrotes con sigilo evitando que advirtiera mi presencia noté también cómo acariciaba sus rostros con sus sucias manos y metía sus asquerosos dedos en sus pequeños labios. Al presenciar aquella escena tan obscena y angustiante no pude soportarlo más. Lancé un grito desesperado de auxilio que alertó no solo a aquel hombre que huyó despavorido por los pasillos de la casa sino al taxista y el conductor que seguían discutiendo el choque.

Las niñas se asustaron con mis gritos, una de ellas lloró nerviosa o, tal vez, aliviada porque llegué en el momento justo, aunque traté de calmarlas lo cierto es que no encontraba las palabras adecuadas para una situación como esta; la tomé de sus manos y, junto a ellas, corrí a pedir auxilio gritando por todos lados desesperada. Al lugar acudieron muchas personas, más por curiosidad que por brindar ayuda, mientras unos filmaban con sus móviles lo que estaba sucediendo, otros me preguntaban qué estaba ocurriendo.

Luego de un rato, la policía llegó al lugar y comenzó el debido proceso para estos casos, brindé mi declaración sin omitir ningún detalle tratando de mantener mi nombre en el anonimato e inmediatamente inició la búsqueda de aquel desgraciado abusador. Nunca lo encontraron.

Entre los testimonios de los vecinos más cercanos no se encontraron pistas que dieran con el paradero de aquel hombre, para mi sorpresa todos concordaban en que era un pobre tipo, diligente y querendón que trabajaba en aquella guardería como celador desde hace muchos años. Sobre las niñas, lamentablemente no actué a tiempo, me enteré de que una de ellas, la más grandecita, con solo diez años, ya estaba embarazada.

A los diez años una niña debe disfrutar de la plenitud de su infancia. Sin embargo, ella llevaba en su vientre la evidencia fehaciente de cómo le arrebataron su inocencia a tan corta edad, de cómo tuvo que vivir las atrocidades libidinosas de un celador de su edificio que, en lugar de cuidar de su seguridad, abusaba de la confianza de su niñera mientras sus padres acudían confiados a sus trabajos pensando que sus hijas estarían a salvo.

¿Qué tanto creemos conocer a las personas?

La prisa de un día perdido

Estela, una joven aferrada a su futuro, con grandes ideales y una personalidad que irradiaba luz a todo aquel que le rodeara, estaba por graduarse de ingeniería. Esperaba viajar al exterior para prepararse mejor y poder hacerle frente a la alta demanda que existe hoy día.

Sus padres estaban orgullosos de ella, pues como no estarlo si su única hija estaba realizando sus sueños, aquellos por los cuales habían sacrificado tanto todos estos años para apoyarla en lo que necesitara.

Los amigos y compañeros de grupo de la chica preparaban una fiesta de celebración para expresarle todo el cariño que sentían por ella y desearle muchos éxitos rumbo a su nueva vida. La cita estaba pactada para esa noche a las diez y treinta en casa de Daniel, su mejor amigo y compañero de toda la vida.

Estela, aunque emocionada, se sentía muy preocupada y mientras bajaba las escaleras del edificio donde vivía, pensaba detenidamente en todos los riesgos y desventajas de la decisión que había tomado, en como su viaje a Alemania representaba exprimir más la situación económica de sus padres quienes venían ya sacrificándose hacía varios años por darle un mejor futuro. Tal parece que ella desconocía que sus padres habían vendido su único terreno en el interior lo cual junto con su beca cubriría los gastos totales.

—¡Taxi, aquí! —El conductor se detuvo en la orilla frente a la calle. Estela corrió animada a subirse al auto.

—Buenas noches, señorita. ¿Hacia dónde se dirige?

—Calle 76, noroeste. Residencial Los almendros por favor.

—Por supuesto. —El conductor se concentró en manejar mientras la joven se sumía en un mar de preocupaciones cuestionándose si estaba bien pensar en su propio futuro aún a costa del sacrificio de sus padres.

Tal vez Estela había elegido una opción muy costosa, tal vez debió considerar otras carreras, lo cierto es que era muy inteligente y seguro aprovecharía al máximo los recursos de los que dispusiera.

El auto iba a gran velocidad, el conductor del taxi algo ofuscado escuchaba algunas insistentes notas de voz de una mujer desconocida. Al parecer su pareja discutía con él. Estela decidió colocarse sus audífonos y escuchar una canción del momento para ambientarse para la ocasión.

En la siguiente curva el conductor perdió el control chocándose con un camión que venía en sentido contrario, el auto dio varias vueltas mientras Estela trataba de agarrarse de la silla de enfrente. En esos pocos segundos de conciencia pensó en sus amigos y en su mascota que dejó sola en casa esperándola. Luego de un gran estruendo, Estela sintió un golpe muy fuerte en su cabeza que la hizo desmayar.

******

Las honras fúnebres se llevaron a cabo el pasado jueves, el cuerpo sin vida de Estela Mendoza fue velado en la Iglesia Santa Teresita de Cruces Arriba.

Fido todavía espera que su dueña llegue a casa, sus amigos nunca la llegaron a ver esa noche de celebración, el conductor del auto salió ileso y volvió a casa con su familia.

El resto de las personas siguen su vida luego del hecho lamentable, la familia de Estela aún llora su pérdida. Sus amigos la recuerdan con gran cariño mientras se envuelven en su ajetreado día a día. Los días pasan y el recuerdo de Estela se dispersa como la brisa de verano en un verde llano, poco a poco en la mente de sus amigos y conocidos cercanos.

En aquella curva se empieza a pudrir la madera que cuelga el letrero:

En memoria de nuestra pequeña Estela, hija amorosa y amiga querida.

Cada cierto tiempo, el espíritu de Estela se sienta en la orilla a admirar los autos que pasan con velocidad descontrolada, sedienta, admira a través de sus ojos claros, las vidas fugaces y efímeras de aquellos que no aprecian el valor de ese regalo, esperando el momento en el que alguien se deslice en aquella curva.

Estela aún piensa que puede regresar a la vida, espera, en la oscuridad de la noche, la compañía de alguien que la haga olvidar que fue dichosa un tiempo atrás. Espera en aquella curva recolectar almas suficientes que la ayuden a aliviar su dolor, su soledad, su vigilia y mientras pasa ella vaga por diferentes parajes buscando significado a este letargo infinito entre la vida y la muerte.

La vida es ese valioso momento que pasa desapercibido mientras nosotros, sumergidos en los afanes de nuestro día a día, la perdemos segundo a segundo.

Laberintos en la mente

Laberintos en la mente, surcos inconstantes,
Finales disparejos de una realidad desenfocada,
Ambiciones, destinos, lucha por el poder, esperanza
El atisbo de un mundo donde yace cautiva una dualidad,
Otra perspectiva, un secreto invaluable,
una voz que acompaña, un ojo que nos observa;
Un viaje a lugares desconocidos, una mano enemiga
Un destino espeluznante, a veces frío, a veces tibio
Un sollozo en el silencio de los recuerdos reprimidos,
Se apaga la poca luz, un desdén de emociones,
Posibilidades inconclusas,
oscuridad, dolor, realidad,
Un mundo paralelo donde no existe humanidad.

***

Atrapado en un carro en el fondo de un río aquel desdichado hombre piensa en todo lo que dejó atrás.

Mientras su cabello flota, su piel mojada siente más y más como el líquido se cuela por sus orificios, perdiendo poco a poco el conocimiento, perdiendo la batalla, dejándose ganar. ¿Es acaso este el final? ¿Es así como debería morir?

Las decisiones que tomó, las que debió tomar, los sentimientos que nunca entregó hoy yacen en la memoria de quien nada demostró, de quien desperdició las oportunidades que día a día la vida le ofreció. Será necesario - pensó el desdichado - llegar a este extremo para realmente mirar la vida como se debe ver.

Colándose en el auto, los peces son testigos de su última morada mientras el pobre ya sin fuerzas observa la luz que se apaga rápidamente, alejándose de la superficie de aquel profundo y pantanoso río donde fue a caer presa del afán.

En la desesperación de su angustia aquel hombre escuchó la voz de una de sus víctimas en el interior de su mente que le recriminaba.

Oh, Esteban, qué vida tan pobre, tan carente de emociones, tan desdichada. Comparto tu dolor a través de mi materia exánime, recuerdo tus penas, te dejo ir sabiendo que el azul de tus ojos se apaga para siempre, te dejo ir llevándote contigo todas las tristezas y el sufrimiento que causaste, te dejo ir porque tu muerte aviva la paz y reconforta el alma de quienes derribaste, porque con tu muerte libero las almas de quienes castigaste.

Contemplando tu mala suerte, en aquella noche fría, desde la orilla del río las burbujas en la superficie comienzan a desaparecer, encendiendo la esperanza de volver a retomar sus vidas, de aquellas muertas en vida, mujeres sin ansias, llenas de agonía, cuerpos inertes carentes de ilusiones, niñas que perdieron la inocencia; a quienes les arrebataste la curva de sus rostros una noche, quienes ya no sueñan con la esperanza, a quienes de este mundo han partido buscando otros destinos para deshacerse de aquel recuerdo sórdido e impuro, de aquella extraña y harapienta piel, escapando del recuerdo, del dolor.

Esos seres muertos en vida que hoy por fin podrán levantar la mirada tratando con ensueño de reconstruir sus anhelados días. Hoy puedo devolverles la seguridad de caminar los senderos sin volver a sentir tu mirada acechándolas, tus amenazas haciéndoles perder el equilibrio, sin tu sucia voz llamándoles a la puerta.

Es el fin para él, para todas ellas es el inicio de una gran historia, una que ellas mismas puedan contar.

La niña de la fuente

Durante una tarde lluviosa la pequeña Molly jugaba en la sala de su casa. Su tío Ted le había regalado una muñeca de trapo como regalo de cumpleaños, era la muñeca soñada de todas las niñas de la región.

Molly era una hermosa niña que vivía junto a sus padres en una pequeña casa en la esquina de la calle Morgan, una casa blanca con árboles frondosos al lado de una fuente de agua de querubines. Le gustaba visitar esa fuente por las tardes y escuchar el trinar de los pájaros que se acercaban a tomar agua y a devorar uno que otro gusano de la tierra mojada.

La lluvia advirtió que tal vez no era buena idea salir y, mientras Molly se mantenía entretenida con su nuevo juguete, sus padres en la cocina debatían temas de adultos, cómo pagar las cuentas y que rutina tomarían el siguiente día antes de ir al trabajo.

Cuando Miranda, su madre, salió a llamar a Molly para indicarle que la cena estaba lista, le sorprendió saber que la niña no estaba, la buscó por todas partes e incluso llamó a su esposo, Carlos, para que le ayudara a localizar a la pequeña.

Afuera, la puerta del jardín estaba abierta, todo parecía indicar que la pequeña se había salido de la casa. Cómo era costumbre corrieron a buscarla a la fuente, su madre estaba muy enojada, Molly tenía prohibido ir a la fuente los días que llovía porque podía caerse o enfermarse. A pesar de lo cercana que estaba la fuente no advirtieron que había en el suelo pisadas de botas grandes junto a las pisadas de la pequeña Molly.

Nerviosos al no encontrarla en la fuente, gritaron su nombre por todos lados, alertando a los vecinos en los alrededores quienes salieron a ver qué pasaba y a socorrer a los angustiados padres. Molly había desaparecido.

Hasta altas horas de la noche se quedaron tratando de dar todos los detalles que recordaban sobre su hija a la policía, quienes ahora eran los que estaban en la sala de su casa recabando toda la información necesaria para dar con el paradero de su niña, advirtiéndoles que no podían hacer nada hasta que pasaran al menos veinticuatro horas sin saber de la niña.

Miranda lloraba desconsoladamente, lamentándose no haberle prestado más atención a su hija. Su padre, preocupado y cabizbajo se culpaba por dejar la puerta sin seguro al llegar del trabajo. Su hija ahora estaba allá afuera en la penumbra de la noche que se abría paso.

Tazas de té iban y venían, sus vecinos que acompañaban a la infeliz pareja mostraban su preocupación y trataban de ayudar con detalles, con recuerdos, con palabras de aliento, nada parecía devolverles la tranquilidad a Miranda y a Carlos que temían que lo peor le hubiera pasado a su hija.

Afuera, un auto a gran velocidad frenó frente a la casa de la familia Santos Quijano, era su tío Ted que entraba a toda prisa con ojos llorosos gritando el nombre de Molly. En el suelo junto a la fuente, empapada y sucia yacía la muñeca con la que Molly jugaba la última vez que fue vista. Ahora era una evidencia para la policía pues podía contener huellas dactilares que dieran con el culpable en caso de que Molly hubiera sido raptada. También las huellas en el suelo hubieran sido una contundente pista si solo los padres de la niña las hubieran visto antes que la fría lluvia las hubiera borrado, llevándose consigo el único testigo evidente de una pérdida irreparable.

Fue una larga noche entre sollozos y llantos, nerviosismo y culpabilidad. Poco a poco los vecinos fueron alejándose de aquella morada y una a una las luces encendidas se iban apagando. La lenta madrugada llegaba para todos y el sueño los consumía menos a Miranda, que con ojos hinchados seguía buscando una explicación, ideando un plan para buscar a su hija apenas el sol se asomara. Entonces corrió a su habitación a buscar ropa para lluvia, un paraguas, una bolsa y unas botas. Su esposo la detuvo abrazándola fuertemente contra su pecho; sin embargo, Miranda gritaba desesperada, se sentía impotente ante el angustiante sentimiento que la embargaba. Si la policía no buscaría a su niña ella no esperaría un segundo más. Cada minuto su nena se alejaba más de casa y su esperanza de volver a verla también.

Abrazados en la fría habitación consolándose el uno al otro se quedaron dormidos sobre aquella alfombra de flores que adornaba su alguna vez, feliz hogar.

Miranda despertó asustada y se levantó dispuesta a alistarse para buscar a su hija. Salió al jardín para ver nuevamente la fuente donde tal vez su hija estuvo por última vez. Cuando se disponía a abrir la puerta del jardín, se extrañó de ver una nota incrustada en la puerta principal. Miro a ambos lados de la calle y no vio a nadie. La calle se mantenía desolada a esa hora de la mañana.

Tomó la nota y la abrió: *Quieres volver a ver a tu hija... pronto la verás. Pero primero juguemos un juego... ¿Qué es lo que más extrañas de ella?*

Lanzó un grito de dolor, desgarrador, parecía quedarse sin aire, sus manos empezaron a sudar y sintió mareos. Luego sacudió su cabeza y cubrió sus ojos. Fue entonces cuando pudo gritar con todas sus fuerzas.

Carlos, quien continuaba dormido, se levantó de inmediato al escuchar el desesperado clamor de su mujer.

—¡Miranda, Miranda! ¿Dónde estás? ¿Qué pasó? —preguntaba a su esposa quien no dejaba de gritar sosteniéndose fuertemente de los hierros de la puerta.

—¡Molly!, ¡Molly! ¿Por qué? ¿Por qué a mi niña, por qué? ¡No, Molly!

Carlos no sabía cómo consolarla, estaba desesperada gritando a más no poder, apretaba sus puños y golpeaba la puerta. Algunos vecinos se asustaron por el ruido, algunos se acercaban lentamente lanzándole una mirada de congoja y lástima. Carlos no podía soportar eso. Después de unos minutos sollozando Miranda le entregó el papel húmedo y achurrado a su esposo, quién lo leyó y entendió todo. Carlos se estremeció al leer aquella nota, se sentó en la silla más próxima y bajo su cabeza. Su esposa, que lo conocía muy bien, sabía cuánto le afectó aquello, pero buscaba en él la fuerza que ella no tenía, las respuestas que no encontraba, el consuelo que tanto necesitaba.

Llamaron nuevamente a la policía quien esta vez acudió rápidamente a la casa, una nueva pista estaba en juego o tal vez podría tratarse de una broma. Sea cual fuera el motivo de la desaparición de Molly debían ponerse manos a la obra.

Entre preguntas, flashes y palabras de aliento, Carlos atendía todas las visitas, su esposa ensimismada trataba de recordar la carita de su hija mientras jugaba a las muñecas en la alfombra de la sala la noche anterior.

—Sus …ojos… sí, sus ojos, sus rizos y su tierna sonrisa son lo que más extraño de mi niña — susurró para ella misma—. Debo decirle, quizás así me la devuelva.

Se levantó del sillón y buscó un bolígrafo en su estante. Abrió la nota que guardaba celosamente en su mano y comenzó a escribir. Al terminar, mientras los vecinos conversaban con Carlos y trataban de animarle diciéndole que pronto pedirían rescate por su hija y volverían a verla, que es lo común en estos casos, Miranda caminaba hacia el portón principal para dejar la nota donde la encontró. Miraba a ambos lados como si con ello fuera a encontrar a su hija.

Una vez que los vecinos los dejaron solos nuevamente, Carlos se acercó a su esposa y notó un atisbo de esperanza y ansiedad.

—¿Te encuentras bien, Miranda?

—¿Cómo crees que me siento Carlos? Me robaron a mi niña, me la robaron, se la llevaron, se llevaron a mi hija.

—Debemos tener paciencia y mucha fe, Miranda, la policía comenzará a buscarla mañana. Dios mediante nuestra hija aparecerá, debemos ser fuertes. Estoy seguro de que ella está bien.

—¡No!, suéltame, no me toques. Todo esto pasó por tu culpa. ¡Si tan solo hubieras cerrado la puerta nada de esto hubiera pasado! Nuestra hija estuviera aquí, con nosotros, jugando con su muñeca. No te me acerques. ¿Cómo puedes tener el valor para mirarme a los ojos y estar tan tranquilo?

Carlos, sumido en sus pensamientos, no respondió; decidió permanecer en silencio mirando a su esposa extrañado de aquella reacción, sus ojos se llenaron de lágrimas y bajó su mirada presa de una invasiva preocupación. Ella tenía razón. Un mínimo descuido y ahora su hija ha desaparecido. Sí, fue su culpa y el nudo en su garganta se siente incluso menos incómodo que el gran vacío que ahora mora en su pecho.

Devastado, se sentó en la silla de mimbre próxima a su habitación y con sus manos apretando sus sienes dejó escapar un profundo suspiro. Su esposa lloraba con sus manos temblorosas aferrada a su fe pidiendo a lo alto con devoción pues solo su fe la mantenía en estos momentos.

Carlos debía ser fuerte porque ha sido criado de esa forma, para mostrar entereza en todo momento, recordaba la frase que siempre le decía su padre «Un hombre debe ser fuerte hasta en los peores momentos. Los hombres no lloran».

Caminó hasta la cocina a prepararse un café y empezó a sollozar con la frente en la nevera, en un llanto ahogado que ojalá, Miranda, hubiera podido escuchar.

En la sala, Miranda esperaba ansiosa a que alguien viniera a retirar el papel que dejó en el portón y no se movería de allí hasta que eso sucediera. Horas después el cansancio la venció.

A la mañana siguiente se despertó con el trinar de los pájaros que Molly escuchaba en la fuente y corrió al portón. Para su sorpresa el papel ya no estaba, Miranda no sabía si alegrarse dentro de la gran pena que padecía, pero lo ocurrido parecía ser lo mejor que le hubiera pasada en esos dos días.

—Se lo llevó, ese alguien puede estar cerca… me regresará a mi hija… me regresará a mi hija, lo sé, tiene que hacerlo —susurraba tratando de hallar consuelo en el piso—. Solo debo esperar, sí, debo esperar, debo esperar —repetía una y otra vez Miranda quien parecía perder la cordura.

Carlos la miraba desde la sala parecía no querer vivir otro día más con este sufrimiento, las ojeras en su rostro reflejaban lo mal que lo estaba pasando.

No tenía más fuerzas que dar, ni más palabras de ánimo que inventar a su esposa, quien no solo esperaba que fuera su soporte, sino que además lo culpaba una y otra vez por la desgracia ocurrida.

Durante toda la tarde Miranda se la pasó vigilando cada persona que pasaba por esa calle, cada auto, cada animal, cada sombra esperando encontrar respuestas. Esperando que le devolvieran a Molly.

Esa noche decidió salir nuevamente a buscar a su niña, junto a su esposo caminaron por las calles aledañas, por las casas desoladas, por el parque cercano, por los comercios cercanos, repartieron volantes que el tío Ted trajo en la tarde para ayudar a encontrar a la pequeña. El tío Ted se había dado a la tarea de subir el anuncio respectivo con la foto de Molly a las redes sociales, entre sus contactos, en los hospitales y albergues y en cualquier lugar que se le ocurriera entregarlos.

Rendidos de cansancio optaron por regresar a casa dispuestos a hacer llamadas a todos sus contactos para que difundieran el anuncio y los ayudaran a recolectar un fondo en caso de que el secuestrador pidiera recompensa.

Llegando a casa Carlos notó que el portón de la casa estaba abierto y lanzó una mirada a su esposa quien también se percató de la situación. Miranda salió corriendo a casa pensando que tal vez su hija había vuelto. Cuál fue su sorpresa al ver una pequeña caja con un listón rosa sobre la mesa de la sala.

Ambos se acercaron a la caja que tenía una tarjeta.

—"Me pediste lo que más extrañabas de tu hija. Concedido."

Miranda dejó caer los anuncios que traía en su mano y mirando la caja con angustia y terror comenzó a agitarse.

—Miranda, ¿qué pasa? ¿A qué se refiere este mensaje? ¿De qué está hablando? No entiendo.

Ella, hiperventilaba mientras se halaba los cabellos, gritaba y repetía el nombre de su hija. Carlos no pudo más con la incertidumbre y se dispuso a abrir la caja. Lágrimas comenzaron a colarse por sus ojos ante un rostro horrorizado por lo que veía. Dentro de la caja había una bolsa con dos ojos pequeños, una bolsa con cabello enrollado y otra más con lo que parecían tiernos labios ensangrentados.

Carlos no pudo contenerse y, entre la desesperación y conmoción, corrió a su habitación, con manos temblorosas y húmedas sacó el arma que tenía guardada en el cajón de la mesita de noche y sin pensarlo dos veces se disparó en la sien.

Aquella tarde Miranda caminó hacia la fuente de agua con la muñeca en sus brazos, para escuchar una vez más la risa de su pequeña.

Aquella pobre mujer, que parece haber perdido la razón, sonríe una y otra vez al escuchar la voz de su hija, quien únicamente en su mente, la acompaña a todas partes.

Pasados que dejan huellas

Mariana y Pedro disfrutaban de su tórrido romance, libre y correspondido en uno de los rincones de las calles más alejadas de la ruidosa ciudad. Salieron de la discoteca a altas horas de la noche, ebrios y acalorados con un plan en su mente muy distinto al que el destino les tenía preparado.

La densa neblina cubría la calle y el frío de la madrugada se fue colando en la piel de aquellos amantes infortunados que, hallándose presos del desenfreno, saboreaban sus cuerpos sin darle importancia a aquel extraño que los observaba.

«Cabello corto, tez blanca, jeans azules, tenis color piel y blusa escotada de brillantes dorados», fue la descripción que leía en su móvil aquel extraño sujeto que vigilaba a los amantes en su instante de pasión.

Pedro sesgaba los encajes de la blusa rosa de Mariana quien, inundada de placer, disfrutaba cada instante. Se detuvo para admirar una cicatriz oscura circular que se mostraba en el pecho de la chica, era difícil no verla y quiso preguntar.

—Una marca de nacimiento me dijo mi abuelo, al parecer es lo único que heredé de mi desgraciado y fugitivo padre —le comentó Mariana.

Mientras volvían a su faena, aquel auto que los vigilaba se acercaba más y más a la ardiente escena.

Un sujeto bajo del auto, se acercó a ellos quienes ni por un segundo voltearon a verlo, sacó un revolver de su funda, quitó el seguro y disparó directamente a la chica. Luego se dispuso a matar a su acompañante quien, al escuchar el sonido del arma, salió corriendo mientras trataba de subirse los pantalones que le entorpecían aligerar el paso, gritaba aterrado por toda la calle pidiendo auxilio. La escena debía parecer un crimen pasional así que disparó dos veces a la cabeza de Pedro, el cual inmediatamente quedó tendido en mitad de la calle.

Dos muertos, dos disparos certeros a la frente, dos víctimas fatales y un estorbo menos para el jefe.
Hallándose satisfecho con el resultado se dispuso a regresar a su vehículo.

No se escuchó ningún otro ruido en aquel lugar más que el revoloteo de las aves que, producto de los disparos, huían volando de entre los árboles.

—Esteban… ¿Tú? —se escuchó una voz de alguien que había reconocido al intruso.

El sujeto sorprendido al saberse identificado dio la vuelta y el alba que daba paso a los primeros rayos del sol reflejaron un sujeto de contextura gruesa, tez blanca y una mancha oscura a un costado del rostro.

—¿Cómo pudiste? ¿Qué clase de padre le haría eso a su hija? Eres un desalmado —le gritaba el pobre viejo con ojos llorosos y voz quebrada que había salido despavorido de la casa donde se dio el hecho— ¿He criado a un mercenario fugitivo sin corazón que nos dio la espalda y que regresa ahora de esta forma? Cómo pudiste hacerle esto a mi niña, cómo… —Se escuchó una detonación.

Habiendo acabado con el estorbo, aquel hombre subió al lujoso vehículo para perderse en la espesa niebla del amanecer cuando, en cuestión de segundos, fue alcanzado por la ráfaga de un fusil. El conductor al darse cuenta de lo que pasaba, emprendió la marcha a toda velocidad sin mirar atrás.

Unas calles más adelante fue alcanzado por una camioneta que correspondía a la policía local y que intentaba matarlo.

El policía realizó varias detonaciones hasta que una bala alcanzó el costado del asesino quien al recibir el impacto se estrelló contra un poste de luz poniendo fin a la persecución.

Con un arma en la mano el policía se acercó al auto, miró fijamente a aquel hombre, que yacía en el suelo, con la intención de hacerse con su vida. Un charco de sangre evidenciaba la profundidad de la herida así que solo se agachó junto a aquel fugitivo y le susurró.

—Los vestigios del pasado se cruzan con el presente, ahora he cobrado una deuda que por mucho estuvo latente. Hasta la vista, querido hermano.

La sombra del usurpador

Nunca terminamos de conocer a las personas. La realidad es múltiple, no existe… se construye.

La vida se me va deslizándose rápidamente por mi piel al igual que las ilusiones y los sueños de la realización de una vida que alguna vez idealicé para nosotros.

Ya no me quedan fuerzas para levantarme, el intenso dolor me embriaga colándose entre mis huesos haciéndome tiritar, quizás del miedo, quizás porque la muerte se aproxima en ese claroscuro que se cuela entre mis ojos.

***

Recuerdo que él bajaba cada anochecer al sótano con la justificación de acomodar la despensa que religiosamente guardaba y limpiaba en aquel frío, oscuro y polvoriento lugar al que una vez yo le ayudé a adecuar cuando recién se había mudado a esta ciudad.

Recuerdo aquel día como también la emoción de tenerlo otra vez tan cerca de mí. En los últimos meses ha estado muy ocupado, estresado y esquivo. No quisiera pensar que alguien más ocupa mi lugar.

Llevábamos años de relación, una relación un tanto estancada debo decirlo, sí, había altibajos como cualquier otra, pero era más aquello que nos brindaba la felicidad. Aun así, siempre se las arreglaba para que las cosas funcionaran.

Aquella tarde gris quise sorprenderlo preparándole su platillo favorito, llevaba lencería recién estrenada que compré en una tienda online para una ocasión especial y este día lo ameritaba, después de todo debíamos celebrar su graduación por todo lo alto.

Ingresé por la puerta de atrás que daba a la cocina, como había estado algunas veces durante las reparaciones me hice con una copia de esa llave, por supuesto sin que él lo supiera.

Nunca me dejó tener una llave de su casa, fue un punto de discordia en una de nuestras tantas peleas. Ingresé lentamente por la cocina, por suerte sabía que él se encontraría con un amigo en la plaza del pueblo para retirar algunos documentos que requería para su trámite en la universidad así que disponía de tiempo suficiente.

Estudiar Criminalística era una carrera que lo apasionaba, tenía madera para eso, era muy inteligente y astuto, yo me sentía orgullosa de la disciplina con la que realizaba todo lo que se proponía. También era una persona poco empática, un poco calculador, a veces parecía frío, algunas otras ocasiones se mostraba muy cariñoso, dadivoso y detallista. Cualquiera diría que se trataba de dos personas distintas, pero yo entendía que se estaba formando para una vocación especial.

Lo que más me gustaba era lo buen cocinero que era, preparaba un delicioso estofado de carne con vegetales que me encantaba. Tenía un gusto exquisito por la carne y adoraba verlo cocinar, incluso un par de veces me enseñó a realizar mejores cortes, sabía manejar muy bien los cuchillos y le gusta afilarlos todo el tiempo, decía que un buen cocinero siempre debe estar preparado.

Caminando por la cocina hacia su habitación a dejar mi mochila noté un extraño olor a podrido que parecía venir de la casa. Me percaté que había dejado la llave del sótano en la mesita de noche. Sonreí como quien espera hacer una travesura, después de todo si la sorpresa era para él no me vendrían nada mal tomar algunas especias prestadas de las que guardaba muy celosamente en el sótano de la casa.

Me cambié para ponerme cómoda, desempaqué las compras y coloqué con cuidado el regalo que con mucha emoción había comprado para él y me dispuse a empezar la jornada. Empecé a sentir un dolor de cabeza tal vez por ese extraño olor que se empezaba a dispersar por toda la casa. Me causó extrañeza así que, mientras la comida se horneaba, decidí husmear un poco la casa en busca del origen de ese olor nauseabundo.

Recordé la llave y pasó por mi mente bajar a admirar esa grandiosa despensa de la que mi novio se jactaba tanto. Fui hacia la mesa, las tomé y caminé hacia la puerta. Justo cuando estaba por ingresar la llave en la cerradura escuché un auto acercarse al portal de la casa.

—¡Rayos, llegaron! —Volví a colocar las llaves donde las había tomado y corrí a esconderme detrás de la puerta.

—Nos vemos mañana, recuerda llegar temprano para aprovechar la tarde con los chicos del equipo —dijo caminando hacia la puerta, ingresó y tan pronto como lo vi salté a darle un abrazo.

Intenté cubrir sus ojos con mis manos para darle la sorpresa, pero la sorprendida fui yo. Apenas sintió mi presencia me tomó por los brazos tratando de derribarme con gran fuerza contra el suelo. Grité como loca.

—Basta, ¿qué haces?, ¡Soy yo! ¿Qué no lo ves?

—Pero…pero… ¿Qué rayos haces aquí, Cristina? — Me miró sorprendido.

Aturdida y mareada traté de levantarme.

—¿Es en serio? Se supone que trato de darte una sorpresa por tu graduación. Quería que estuviéramos un día a solas antes de que te mudaras a la universidad.

—No debiste hacer eso. Dime, ¿Cómo entraste? ¿Quién te dejó entrar? ¿Hace cuánto estás aquí?

—Espera… ¿Qué? … ¿Por qué alguien me dejaría entrar? ¿A qué te refieres? Entré por la puerta de la cocina, estuve preparando algo muy especial que …. ¡Demonios, el horno! —Salí despavorida hacia el horno, mientras él se metió a su habitación.

No tardé mucho en darme cuenta de que la cena se había echado a perder, sentí rabia e impotencia. Todo estaba saliendo mal. Dejé la bandeja en la mesa del desayunador y entré a su habitación. Me llamó mucho la atención la actitud que tomó, estaba muy nervioso, se rascaba la cabeza, miraba hacia todos lados, lo noté muy inquieto.

Tomó las llaves de la mesa y las guardó en el bolsillo de su pantalón. Me miró fijamente por unos segundos, suficientes para notar su molestia y luego me haló por el antebrazo.

—Tienes que irte. ¡¡Tengo cosas que hacer!!

—¿Cosas? ¿Qué quieres decir? Yo… sabes… vine hasta aquí para prepararte algo, mírame, esperaba que pasáramos una tarde juntos. ¿Qué está pasando contigo? ¿Por qué de un momento a otro te pones así?

—Ya te dije, tengo cosas que hacer. Mira, yo te llamo ¿Sí? Y cuadramos para vernos, ¿te parece?

—No, no me parece. Lo que me parece es que me estás ocultando algo y necesito saber qué es. Y de aquí no me voy hasta que hablemos. De pronto te abalanzas contra mí, me estrellas contra el suelo, no te alegra verme y por el contrario ¿Me pides que me vaya?, tengo días sin verte ¿Qué es lo que está pasando? ¡Y quiero la verdad!

—¿La verdad? La verdad es relativa Cristina, la verdad es algo que podemos quitar y poner. No eres capaz de ver la verdad ni teniéndola frente a ti.

Me desconcertó completamente su respuesta. No esperaba algo así. Era la primera vez que lo notaba ansioso y tan ofuscado.

—Pues si no soy capaz de verla, muéstramela.
Soltó una risa burlona, mirando hacia otro lado. Luego volvió a mirarme a los ojos y se acercó a mí.

—¿En serio quieres saber la verdad? ¿O solo quieres pretender que llevas el control de esto? —yo lo miraba con incertidumbre y empezaba a tener miedo, jamás me había hablado con ese tono tan desafiante ni me había mirado con esos ojos negros tan profundos y misteriosos.

—Te pido que te vayas, no respondo, Cristina. Déjame solo.

Yo sin pensarlo dos veces tomé mi cartera y salí de la habitación. Dejé las demás cosas, vendría a recogerlas después. Estaba muy triste y desconsolada, imaginaba este encuentro de otra forma en mi mente.

Salí de la casa angustiada rumbo a la carretera principal con lágrimas en los ojos a punto de llorar.

Estaba por llamar a mi mejor amiga cuando me percaté de que había dejado mi móvil sobre el microondas de la cocina para que se cargara mientras terminaba de preparar todo.

—¡No puede ser! No quiero regresar, pero necesito mi celular. Además, solo será un momento —dije para mis adentros—. Ni cuenta se dará.

Al regresar a la casa estuve llamando a la puerta, jamás contestó, supongo que su molestia fue muy grande, intenté nuevamente abrir la puerta de atrás, pero al parecer tenía seguro... eso me pasa por confesar el milagro y el santo; me lamenté y luego de un rato se me ocurrió una idea un poco descabellada, ingresar por la ventana de la cocina dadas las circunstancias. Algo extraño le estaba ocurriendo, realmente me tenía desconcertada su actitud.

Entré sin hacer el menor ruido, ¡Uff! Qué olor tan repugnante y fétido, casi insoportable, no lo recordaba tan intenso, cómo es posible que mi novio pueda vivir en un lugar así, esto me parece muy extraño.

Me concentré en tomar el móvil que, para mi gran suerte no había avanzado mucho en la carga y antes de volver a salir me pasó por la mente intentar mediar la situación, tal vez, con suerte, podría conseguir investigar un poco más. Lo pensé unos segundos y me decidí.

Caminé hasta su habitación, no estaba. Al salir al pasillo la puerta del sótano estaba abierta y me percaté que el olor venía de ese lugar. Era insoportable, pero si quería respuestas debía bajar.

A medida que iba bajando los escalones con cuidado me iba adentrando en aquella escena, quedé estupefacta al descubrir el horrendo cuadro: Él, mi novio, de espaldas, devorando lo que parecía ser el cuerpo de una mujer; sus manos actuaban rápidamente desgarrando la carne ensangrentada que colgaba de sus pieles, sorbiendo y devorando rápidamente los restos. El cuerpo de la chica yacía sobre una cruz de hierro, colgaba de manos por gruesas sogas desteñidas.

Quedé congelada, sentí escalofríos y me comenzaron a temblar las manos, me aterraba el hecho de que se diera la espalda y confirmar que era él, mi amado, el hombre que me había hecho tan feliz con quien deseaba pasar el resto de mis días.

Y mientras comía, entre lamidos, tomaba pequeños sorbos de sangre que se derramaba de los brazos de aquella infeliz criatura. Sentí asco, de pronto comencé a marearme, llevé mis manos a mi boca intentando apaciguar las repentinas náuseas que sentí. Temblaba.

El mundo se detuvo para mí, pues estaba en medio de la más escalofriante escena vivida, retraté todo a mi alrededor como una cámara lenta. A mi mente vino un recuerdo, el usurpador de la noche como le apodaban, el asesino en serie que desaparecía y mataba mujeres y que buscaban en todo el país...aquel que lanzaba los cuerpos carcomidos a los basureros sería acaso...mis labios comenzaron a tiritar... acaso he estado todo este tiempo...

Cajas y cajas se amontonaban en una esquina, moscas y gusanos salían de ellas. El olor putrefacto se hacía sentir con fuerza, no quiero develar lo que se esconde tras esas sombras, continué mirando alrededor... cuchillos, arneses, sangre coagulada en el piso, restos de ropa, huesos, una lámpara amarilla con poca luz, velas derretidas, no podía creer lo que estaba viendo en ese lugar que, aunque oscuro y polvoriento, dejaba entrever los rayos del sol entre las franjas no tapadas de la ventana.

El sonido de sus sorbidos comenzaba a colarse en mi mente y el eco de su sonrisa me desquiciaba, quise gritar; sin embargo, no podía emitir ningún sonido, mis ojos comenzaron a llenarse de lágrimas y mis manos se congelaban, no podía mantenerlas quietas.

Poco a poco caminé hacia la escalera para salir de aquel lugar sin ser vista, planeaba buscar ayuda, llamar a la policía, huir rápidamente de esa casa. Iba a dejarlo allí relamiéndose de placer, acabando con el cuerpo de aquella víctima sin saber quién era, como llegó hasta aquí, me tapé la boca para no emitir ningún sonido que lo fuera a alertar.

Fue entonces cuando pisé algo suave y acuoso que me hizo gritar. Mi corazón se aceleró a mil, miré cual reflejo hacía abajo, parecía sangre coagulada. Cuando alcé la mirada él estaba frente a mí, en cuestión de segundos mi vida cambió.

Lo miré una vez más a los ojos, pero ya no tenía amor para dar, su mirada transmitía odio, locura; la mía transmitía miedo, angustia y piedad. Cuando mis ojos se encontraron con su mirada brillante y turbada, en ese momento supe que jamás saldría con vida de allí.

Por fin lo había descubierto, había develado su gran secreto. La persona que creía conocer ahora era un completo desconocido, supongo que todos podemos ocultar nuestra verdadera historia.

Intenté girar rápidamente y correr, pero al dar la media vuelta a la escalera no había alcanzado el segundo peldaño cuando sentí una punzada en el estómago. Mi grito resonó en el pasillo de la escalera, lo que parecía un cuchillo estaba calándome bien adentro, empujó mi cuerpo al suyo y con su mano izquierda me agarró el cuello mientras yo intentaba aferrarme al pasamanos de la escalera.

—¡Auxiliooo! —grité ahogando el llanto con la esperanza de que a través de la puerta abierta alguien me escuchara. Lo cierto es que la casa estaba un tanto apartada de las otras, entre verdes pastos y árboles grandes de frutos. Nadie podía escucharme.

Él me apretó contra su cuerpo y me propinó otra puñalada esta vez en el pecho. Me incliné del impacto hacia adelante. Jamás había imaginado como se desbordaba tan rápidamente la sangre de mi estómago con una cuchillada en mi pecho jamás hubiera imaginado que esa apuñalada hubiera sido de la persona que menos esperaba.

¿Cuánto creemos conocer a las personas?

—¿Qué ...has ...hecho?... ¿Por qué? ... ¡¡Estás loco!! —lloraba tratando de respirar profundo.

Con una voz serena me susurró:

—Tu realidad es distinta a la mía. Aun así, seguimos siendo tú y yo, nena; tú y yo hasta el final. ¿Por qué tenías que dañarlo todo? Eras especial para mí —me dijo acariciando mi cabellera—. Ahora eres libre, eres libre…

Lancé el último suspiro que me dejó mi cuerpo consciente y me dejó caer al suelo. Me levantó en sus brazos y me llevó a tomar el lugar del otro cuerpo. Mi mente divagaba entre el dolor y mi realidad.

La sangre de mis heridas brotaba a chorros y tan rápido como se colaba entre mis ropas así mismo perdía mis fuerzas. Intentaba mantenerme despierta tratando de ubicar la forma de salir de allí, más entre los últimos atisbos de conciencia solo podía ver su sombra, la sombra del usurpador.

***

«Todavía continúan buscando los veintiún cadáveres desaparecidos al noroeste de California —se escuchó días después en todos los noticieros de la ciudad—. Hoy se conoció que una chica de veintitrés años se encuentra desaparecida desde hace dos días. La última vez que fue vista iba camino a la parada de autobús de la carretera principal. Si conoce alguna información sobre el paradero de la joven de la foto favor comunicarse a los teléfonos que aparecen en pantalla. Sus padres y su pareja están muy preocupados.»

Los rostros del pasado

El chirrido de la mecedora se escuchaba entre los marcos de la puerta. Sentado en el balcón de su edificio, esperaba paciente a la muerte. Siempre huyó de sus responsabilidades, entre el vaivén de infortunios que resultó ser su vida, esta vez tendrá la oportunidad de demostrar su coraje.

Sus ojos grises estaban cegados desde hace muchos años atrás; sin embargo, su visión iba más allá de lo que sus pupilas podían admirar.

Abajo, entre la inmundicia de la gente, la apacible niebla merodeada las calles buscando almas errantes que ayudaran a aligerar la pesada carga, las culpas de su pasado.

Don Lucho De la Concepción fue criado para ser un hombre fuerte, forjado entre el honor y la gallardía empero, ocultaba grandes secretos que se llevaría consigo a la tumba.

Los compases de su juventud y algunas decisiones desacertadas remordían la conciencia del anciano que, meciéndose en su silla rememora con detalle los hechos ocurridos. El ondear de la mecedora cual vaivén de las olas en un sereno atardecer no advertía la rapidez de los latidos de su corazón ni el cúmulo de recuerdos que aún recorrían su mente.

Abstraído en ellos, admiraba la noche seguro de que pronto se encontraría de frente con ella, la que tanto esperaba, la que todos temían, el irreversible viaje a un lugar desconocido que don Lucho imaginaba lleno de almas desconsoladas sufriendo en el infinito. Aquel anciano sabía que con todo lo que se adjudicaba jamás pisaría un lugar santo.

«Escondí los cuerpos donde nunca nadie los encontrará», pensaba para sí.

«Reviví almas que jamás debí dejar escapar», recordaba perdiéndose en sus adentros.

«Vi correr la sangre de gente inocente y soy culpable de aquellas almas perturbadas que esperan algún día ser libres».

Testigos nunca dejó, muchos rastros ocultó. Su verdadero nombre solo para él se lo reservó y en el hombre de muchas sombras un día se convirtió.

La niebla merodeaba, pero ningún alma encontró; la muerte se acercaba a los fríos ventanales de madera de su mansión, su tiempo se estaba apagando como una vela consumiéndose sobre el tibio piso de una tumba.

La brisa se detuvo y frente a él, apareció.

Macabros hallazgos se encontraron debajo del piso de aquella mansión muchos años después, pero los nuevos propietarios nunca supieron sobre esto.

La hermosa arquitectura fue demolida para construir un lujoso hospital de geriatría.

Se cuenta que trabajadores del lugar han sido testigos de voces, gritos espeluznantes y presencias sombrías que se pasean por los largos pasillos de aquel hospital, susurrando a los pacientes a quienes la muerte les destina pronto una morada, almas en pena que reclaman su libertad, sufriendo un pasado que llevan a cuestas, sombras sin rostros, sin identidad, sin salida.

La víctima invisible

La muerte sigue su curso y es la única segura aquí.
Muchas personas dan por hecho lo que otras desearían
tener.

Las apacibles olas se mecían de un lado al otro en el fondo de aquel hermoso e idílico cuadro, las aves revoloteaban extasiados por la brisa fresca de la mañana igual que las hojarascas en el suelo uniforme de ladrillos adoquinados. Eran pasadas las diez y se sentía una quietud envidiable en aquella ciudad.

El sol tenue pintaba las paredes de los grandes edificios tupidos que revestían la manzana en derredor, con sus hermosas fachadas y sus persianas elegantes. En un lugar tan privilegiado cualquiera diría que florece la paz y la seguridad.

Desde la ventana del décimo piso del edificio Rainforest, un hombre toca el piano emitiendo una triste melodía mientras recuerda a su esposa recién fallecida. El sonido que producen las teclas se eleva por los aires hasta los apartamentos contiguos impregnando una atmósfera de nostalgia.

Afuera, el sol que iluminaba el paisaje se había ido y la fría brisa traía consigo las nubes del norte, culpables de las primeras gotas de lluvia que bautizaban las bancas de madera y todo el follaje a mi alrededor.

De esos hermosos parajes que cualquiera quisiera visitar, una vista asombrosa y un pacífico parque repleto de verdor y flores coloridas por doquier. El ir y venir de las olas del mar que chocan contra las gruesas rocas que recubren las orillas de la playa, la quietud del atardecer, ver el sol desaparecer en el horizonte, la brisa fresca que acompaña el trinar de las aves, un cuadro idílico en verdad. Cualquiera diría que el seno de estos hogares solo puede albergar paz, dicha y reciprocidad.

Mientras la lluvia sucumbía, un hombre delgado y atlético salía por la entrada principal de uno de los edificios, llevaba una mochila negra y una gorra roja.

Aquel hombre, era una persona aturdida por sus recuerdos, se levantaba todas las mañanas con su doloroso pasado, cuánto más creía superarlo más profundo se hacía su temor.

Cada noche, sin importar las condiciones, caminaba por los alrededores de la avenida con una mochila negra. Decía, que, de esa forma, podía recoger los pasos de su vida e intentar estar en paz consigo mismo.

Sucedió una tarde de verano, cuando la claridad tenue del ocaso celebraba para Ernesto el día más feliz de su vida: nacimiento de su pequeña hija Isabel. Lamentablemente para la madre, la concepción de la bebé representaba para ella un embarazo no deseado y jamás la quiso.

Con su nacimiento se intensificaron sus sentimientos por deshacerse de la criatura, la cual a duras penas recibía alimento por parte de la madre. Margaret fue concibiendo dentro de ella un sufrimiento enorme y un gran rencor hacia Isabel.

Ernesto disfrutaba de la compañía de la niña y se encargaba de todo su cuidado, la protegía del frío, de los ruidos, del sereno de la noche e incluso la cuidada de su propia madre, quien había intentado en reiteradas ocasiones atentar contra la vida de la pequeña.

Sabía que, con el comportamiento de la madre, él no estaba listo para volver al trabajo.

El estado de Margaret era deprimente, lloraba todo el tiempo y se lamentaba por aquel nacimiento que nunca quiso; perdió peso y por las noches no podía dormir, razón por la cual Ernesto también debía quedarse despierto. No podía dejar a la pequeña Chavelita con su madre. Sus días se fueron tornando grises y las noches largas, sus ojos se llenaron de ojeras y cuerpo empezó a experimentar una fatiga abrumadora. Ernesto solo deseaba que esto terminara fuera cual fuera el costo.

Una noche, la pequeña Isabel tenía mucha fiebre así que Ernesto se decidió a ir por medicamentos, tuvo que dejarla al cuidado de su madre quién se quedó dormida por unos instantes.

Ernesto fue tan rápido como le fue posible, él sabía muy bien que no podía darle muchas oportunidades a Margaret, no desde los últimos acontecimientos. Al volver a casa, notó que ambas puertas estaban abiertas, sin rastros de Isabel ni de Margaret por ningún lado. Se llenó de pánico, gritaba y se culpaba por haberlas dejado solas.

Dos calles más allá, Margaret caminaba presurosa descalza y con una pequeña maletita de pañales en sus brazos, parecía dirigirse hacia la orilla del mar, la brisa comenzaba a menguar y una delgada llovizna caía perdiéndose en la oscura noche.

Ernesto bajó corriendo el edificio, con su móvil en manos intentando llamar a la policía, no sabía para donde tomar así que se decidió por la calle contraria hacia la autopista por si Margaret había caminado hacia el puente. Se cansó de buscar esa noche, por más que preguntara a las pocas personas que vio nadie parecía haberlas visto; Ernesto, con lágrimas en los ojos se dirigió hacia su casa, llamó a todos sus familiares incluso a los de su esposa para contarles lo sucedido. Todos estaban preocupados, ¿Dónde pudo haber ido? ¿Dónde podrá estar la pequeña Isabel?

Al día siguiente, apenas salió el sol por el este, Ernesto se alistó muy temprano dispuesto a buscar ayuda y dar parte a la policía, aunque conociera perfectamente ya que debía esperar veinticuatro horas de desaparecidos tal como indican en las noticias para estos casos. Necesitaba respuestas. Agotaría hoy todos los recursos posibles en la búsqueda de su esposa y su pequeña niña.

De camino a la estación de policía, tomó un transporte público en el cual comentaban sobre un hecho que estaba horrorizando a la población en general, se encontraron los cuerpos sin vida de una bebé y una mujer adulta en la orilla del parque Tomás, a unas cuantas cuadras hacia el sur de donde vivían. La bebé fue devorada por posibles caninos, mientras que la mujer adulta, presuntamente la madre de la pequeña se encontró a unos metros de distancia flotando en el mar.

Ernesto reconoció el cadáver de ambas, el de su esposa y aquella manchita marrón que llevaba Chavelita de nacimiento en su piececito derecho al lado de la pulserita de dientes rojos que su abuelita Chavela le obsequió el día de su nacimiento.

Margaret tenía golpes en la cabeza y en el rostro, según la autopsia realizada hubo intento de violación, luego fue estrangulada, golpeada salvajemente hasta morir y arrojada al mar. La pequeña Isabel yacía entre los escombros de un basurero, dentro de una maleta rosa junto a una bolsa de medicamentos.

La policía buscó pistas sobre el posible asesino; sin embargo, solo lograron la declaración de una persona que decidió mantenerse en el anonimato y quién indicó que vio a un hombre alto y delgado salir de ese parque a altas horas de la noche con un maletín negro y una gorra roja.

El hecho fue fácilmente olvidado por todos y el expediente de la policía fue cerrado. Margaret y la pequeña Isabel solo viven en el eterno recuerdo de Ernesto.

La vida se trata de observar diferentes perspectivas.
¿Crees saber cuál es la mía?

Un testimonio más

«El narcisismo de las pequeñas diferencias es la obsesión
por diferenciarse de aquello que resulta más familiar y
parecido».
Sigmund Freud.

Déjame contarte como sucedió, cómo terminé atrapada en
este juego macabro del que nunca logré salir.

Mi vida era ajetreada, caótica y rutinaria, mis
horas libres se limitaban a la gran decisión de elegir cual
serie de televisión ver; mis días estaban contados y mi
mundo acabaría pronto, solo que yo no lo sabía. Mi
relación era fuerte, sólida y estable para todos, pero mi
mundo interior se caía a pedazos. Él abusaba de mí, me
golpeaba en partes que sabía que nadie me vería, más me
valía que nadie viera las marcas de sus muestras de cariño.

Vivíamos juntos hacía ya siete años en una humilde casa sin grandes comodidades ni suntuosidades en las afueras de la ciudad. Para nosotros era apenas lo posible pero también era lo más soñado. Al principio él era un hombre encantador, dispuesto, trabajador, aunque algo vanidoso. Con el tiempo las cosas fueron cambiando y todo se tornó gris, se volvió provocador, egocéntrico, manipulador, de todo me culpaba y por nada se victimizaba. A pesar de ser muy cariñoso algunas veces, nunca volvimos a ser la pareja que fuimos al llegar a aquella casa.

Mi hermosa burbuja de calidez y amor colapsaba y mis deseos de amarlo fueron mermando.

Su mirada cambió, al igual que su tono de voz, creí haberle escuchado que ya estaba cansado de esta situación, lloraba y pedía perdón, pero a la mañana siguiente me rogaba que siguiera a su lado.

Por mucho tiempo guardé silencio, por muchos años creí soportarlo e incluso pensé que era normal, que debía permanecer sumisa y ajena a toda duda o idea de ser libre. La libertad era un sueño alocado, insulso y muy lejano. Sin embargo, mi anhelo de ser libre jamás se apagó, libre para siempre, libre de verdad.

Me creí responsable de la decadencia de nuestra relación y por mucho, sentí culpa; sin embargo, ser víctima no era más que una de sus artimañas para cortarme las alas. El daño que causó en mí fue devastador, los estragos de sus abusos aún conviven conmigo.

Los recuerdos de mi vida pasada me llevan a pensar que estoy muerta en vida, inexistente, presa de un pasado devastador, un alma que se cuece por dentro lenta y dolorosamente, soy los destrozos de un ayer, una farsante, una Desdémona.

A base de aquellas triangulaciones y escenas de dramas descubrí lo que tanto temí. Manejaba una vida secreta capaz de convencer hasta al más dudoso. A veces lo más oscuro se oculta entre las sombras, a veces es mejor no traerlos a la luz y dejar los secretos donde están, vivir ignorando la realidad, encerrar el pasado en una caja sin la clara idea de la ubicación de la llave.

Siempre fue su culpa, lo sé; sin embargo, yo me creía la verdadera culpable. Así que hice lo que pocos harían. Cuando la rabia y el cansancio se mezclan, la combinación no puede ser otra que la venganza.

Guardé los restos donde nadie nunca los encontrará, sus familiares llorarán cada día sin una tumba a la cual arrimar. Él, por su parte, suplicó hasta el cansancio, mas no lo escuché, lo escondí con los otros, donde nunca podrán llegar. El dolor de mis heridas coagulaba, he vivido con culpa toda mi vida así que podré continuar asumiéndola por el resto de mis días; la víctima se convierte en victimario, el dolor se convierte en fortaleza, y la venganza se disfruta, larga, cobarde y fría.

Sentenciada a esta silla debo vivir tras estas cuatro paredes de hierro, sí, estoy viva pero muerta para todos los que me conocieron, después de todo quién querría hacerse responsable de una carga tan pesada, tan infausta, era mejor no reconocerme, fue mejor dejarme encerrada en este lugar confinada a merced de quienes ahora me vigilan.

Alguna vez fui Khaterina, y esta fue mi historia.

Cuando la muerte se enamora

Sobreponerse al dolor implica no lidiar con él. Estar vivo es sentirse pleno y feliz; y a la vez, vulnerable.

No sé si sea contraproducente recorrer cada noche estos sombríos y tibios pasillos, pero el recuerdo de su presencia es lo único que me mantiene con vida en medio de tanta miseria.

La mañana del 18 de agosto ella caminaba por una de las calles principales de la ciudad de San José, llevaba puesto un vestido azul con detalles de flores y unos tacones altos a juego con su cartera. Caminaba contorneando su silueta segura de ella misma y del éxito que le esperaba en su nuevo empleo. Le costó mucho trabajo conseguirlo, horas de sueño e intensa preocupación.

Dando la vuelta por la entrada de la Catedral Metropolitana se detuvo a observar ambos lados de la calle, saludó al vendedor de flores con un gesto amistoso y dejó escapar ese brillo en su mirada, el regalo perfecto, el complemento de cada mañana. Sus largas piernas, su tez blanca iluminaba hasta el más sosegado de los sentidos.

Algunas veces lava su cabello dos veces a la semana, lo noto en ese delicioso olor a jazmín cada vez que paso a su lado, duerme con un pañuelo en la cabeza, cuando sale de edificio sus rizos sedosos y definidos se mueven al vaivén de su caminar soltando esa dulce fragancia que tanto me cautiva. Desconoce mi identidad, pero yo sé todo sobre ella.

Ya casi está por llegar, abre su bolso para sacar su identificación e ingresa al edificio. Será una larga tarde; la esperaré con ansias.

Sus ropas tiradas encima de su cama, encajes en el suelo y sobre la alfombra, la lámpara de la mesita de noche aún está encendida, aún se percibe su olor a flores frescas sobre la superficie de las sábanas.

Hermosa mañana, radiante sol.

Una suave brisa fresca se pasea por mis mejillas. Todo está listo. Sonrío en mis adentros porque soy el único testigo de este momento y el único edificador del mañana.

Cuando ha caído el sol, el sonido de las llaves al contacto con el cerrojo proclama el inicio de una hermosa aventura. La puerta se abre, puedo imaginar sus manos colocando el llavero sobre la repisa como de costumbre, tirar su cartera sobre la silla de mimbre, deshacerse de sus tacones y caminar descalza hacia la recámara.

Se sienta sobre esta, desenreda su cabello y poco a poco se desabotona la camisa. Sonrío cómplice de este momento, hace ese movimiento raro y sensual con su cuello de lado a lado como dejándose llevar por el sonido de una pista de Rajmáninov: bella, inmortal, deseada, diosa.

Por fin se percata y por primera vez me descubro ante ella. No puedo quitarme de la mente su reacción tan única. Estoy aquí y ahora su dulzura será inmortal por siempre.

Su piel tan suave, tan tersa, tan fría e inerte. Sus largos cabellos no han perdido su belleza. Sus labios delicados siguen tersos aún. Me resulta indescriptible poder admirar su hermosura tan cerca de mí.

Me complazco presenciando este hermoso cuadro en la quietud de mi habitación.

Las medidas del vestido blanco de encajes color rosa se amolda muy bien a su figura, tapando perfectamente las heridas, un ramo de rosas entre sus pequeñas manos, su rostro tan sereno y la luna sobre nosotros como única testigo de nuestro amor.

Me acerco a mi amada para sellar nuestra unión con un anhelado beso que sea el fin de esta angustiante espera y el inicio de una mágica vida juntos pero mi sueño es interrumpido por policías armados que ingresan abruptamente a mi residencia allanando el lugar.

—¡Arriba las manos, no se mueva! Quédese quieto donde está —grita uno de ellos mientras el otro policía habla por su radio—. Encontramos a la chica, repito, encontramos el cuerpo de la chica.

—No pueden separarme de ella, estamos unidos por toda la eternidad.

Un lento amanecer

Cuento publicado en la antología "Meridiano de silencio".
@litéfilos (Colombia)
Julio 2,021.

Una sensación de intranquilidad invadía mi cuerpo, me encontraba sola en aquel bosque oscuro y tenebroso. Mis manos aún húmedas, empezaban a oler a sangre reposada, pura, inocente. Mi mente revivía ese trágico momento.

Eché a correr tratando de buscar una salida, ya no sentía mis piernas y me detuve cerca de un gran árbol de raíces gruesas y secas, oculto entre ramas de enredaderas.

Jadeante me detuve, según lo que calculo, a unos dos kilómetros del lugar de los hechos; aún no divisaba nada a mi alrededor, estaba sumida en la más completa oscuridad huyendo de mi agresor y tropezándome con todo cuanto encontraba frente a mí. No conocía el lugar, era la primera vez que me adentraba en aquel sitio; pero sí me quedaba mis esperanzas de salir con vida se agotarían.

Necesitaba huir, huir de él, de ella, de mí.

Jamás pensé vivir esta agonía, jamás pensé que llegaría a matar a mi mejor amiga. La conciencia comenzó a perturbar mi mente, sollocé recordando semejante calamidad y, como escenas de una película de horror, repasé en mi mente cómo lo hice, juro por Dios que nunca lo imaginé, ella jamás debió estar en el lugar incorrecto. Si tan solo hubiera contestado aquella llamada…

Mi amiga, mi dulce amiga Caroline, no volverá a casa esta noche, no abrazará a su enferma madre otra vez ni volveré a verla nunca más. Sigo sin poder explicarme lo ocurrido y lamento profundamente ser el verdugo de su desenlace.

Sequé las lágrimas de mis ojos tratando de aclarar mi nublada vista. Miré a mi alrededor intentando elegir hacia qué dirección correr.

Me siento perdida y destrozada en cuerpo y alma. Mi garganta está seca y el dolor de mi rodilla es casi insoportable. Prefiero no mirarla, prefiero no saber, prefiero no recordar que una sierra trató de atravesarla, no quiero pensar qué pasará si no consigo ayuda a tiempo.

Una suave brisa me rosa las mejillas, un frío desgarrador quema mi alma. Merezco morir aquí y ahora, merezco sufrir por haber matado tan despiadadamente a la persona que más confiaba en mí.

Intento seguir corriendo, a pesar del intenso dolor. Las enredaderas chocan con mis manos y vuelvo a caer al suelo húmedo, me siento impotente y creo haber perdido la batalla. Cómo podré llegar a la carretera y pedir ayuda si ni siquiera sé dónde estoy.

Súbitamente escucho pasos a mi alrededor y mi cuerpo vuelve a quedar paralizado. Mi respiración se entrecorta y mis lágrimas comienzan a caer una vez más. Tiemblo de miedo al escuchar otra vez su voz que invade como eco mi mente.

—¿Creíste que te habías deshecho de mi verdad? Ahh… Es una pena que tuvieras que matar a tu amiguita pensando que era yo. Debiste verte con que fuerza golpeabas su cabeza con esa sierra… ¡Magistral! —mencionó mientras aplaudía y soltaba una risa sarcástica que me hacía tiritar.

Entre matorrales me refugié en el árbol más cercano, frondoso y lleno de raíces en las que esperaba mimetizarme para pasar desapercibida de las garras de ese monstruo que me había tenido presa de él.

—Sé que estás por aquí… Puedo sentir ese aroma a vainilla, hueles a decepción y a fracaso. Por tu culpa tendré que limpiar el piso, toda esa sangre coagulada no se limpia sola. Me pregunto qué haré con el cuerpo de tu amiguita, tenía planeada una, pero ¿dos?… Es un récord —decía mientras se acercaba más a mí.

Sentí sus pasos pisando las hojas, su respiración acercándose a mí, me repugnaba solo de sentirlo cerca, era inevitable.

Mi dulce amiga llegó a ese lugar donde yo estaba secuestrada solo por el simple hecho de ayudarme y yo… yo la maté de la forma más cruel y despiadada, con toda la sed de venganza que quería descargar, con todo el dolor de lo que me hizo pasar aquel hombre.

Lo único que tenía cerca era la sierra con la que intentó cortar mi pierna, que pude alcanzar luego de que le propinara un golpe en sus asquerosas partes nobles y saliera de la cabaña adolorido. Nunca pensé que en vez de regresar para terminar lo que había empezado, quien entraría a la cabaña sería Caroline.

—No lo vi venir, no quise hacerlo, perdóname —dije en voz baja mientras mi voz se quebraba en llanto.

Sus pasos se detuvieron. Alcé la mirada, estaba frente a mí. Me tomó por el cuello con gran fuerza mientras yo me ahogada en un grito desesperado sin la más posible esperanza de ser escuchada.

*****

Apenas salían los primeros rayos del sol cuando un par de turistas forasteras divisaban en medio del bosque a un hombre de alta estatura y cuerpo fornido terminar de tapar un hoyo en la tierra con una pala.

—Buenos días tenga usted, señor, no quisiéramos molestarle, pero buscamos la carretera más próxima para regresar al pueblo —comentó una de las chicas.

El hombre se dio vuelta y al hacerlo quedó descubierta una herida que llevaba en la frente. Estaba sucio, maloliente y sudando.

—¡Muy buenos días! Sí, claro; la carretera más próxima queda a un par de kilómetros de aquí. Qué casualidad, yo voy saliendo para allá. Si gustan pueden entrar a mi cabaña y nos tomamos una taza de café calentita antes de partir.

Las chicas quienes estaban algo temerosas se miraron una a la otra.

—No teman, si quieren les traigo la taza al portal. Aquí ya terminé, estos zorros son animales muy peligrosos, no deben estar solas por aquí, el bosque trae consigo muchos peligros. ¿Qué dicen?, ¿Nos tomamos una taza de café antes de irnos?

—Yo sí le acepto, señor, hemos caminado mucho y ya tengo hambre —dijo una de ellas.

—Perfecto, ya regreso —dijo el hombre dejando caer la pala y dirigiéndose a la cabaña.

Marta, quien aún desconfiaba, le llamó la atención que a su alrededor había dos hoyos con tierra amontonada que parecía haber sido removida recientemente, una pala y una camioneta con el motor encendido y un letrero que decía "Caroline".

La cajita de música

—¡Policía! ¿Quién está ahí? —gritaron desde el piso de abajo.

Una tenue canción continuaba escuchándose desde la casita de muñecas de la pequeña de siete años que jugaba en aquella habitación. Una cajita de música movía sus piecitas mientras una doncella con vestido rosa daba vueltas por aquella pista circular.

Un agente de la policía logró divisar un zapatito rosa solo en mitad de la sala, inspeccionó el lugar, es una casa vieja, de madera y ladrillos, con algunos pocos muebles.

Continuó subiendo las escaleras, aproximándose de prisa hacia lo que parece ser una escena del crimen; la puerta de la habitación principal está entreabierta, las pertenencias tiradas por doquier, vidrios, objetos, ropa, juguetes.

La ventana estaba abierta, una vieja cortina de encajes se agitaba dejando pasar un viento frío que le helaba la sangre. Allí está, frente a él, aún tibia la piel de una pequeña niña que, dadas las circunstancias en las que se encuentra, ha sido violada, ultrajada y cercenada. Un charco de sangre fresca se esparce por el piso de madera, indicando que el crimen se perpetuó hace poco. El presunto asesino puede estar cerca.

Rápidamente despeja el área tratando de no contaminar la escena, da parte a las autoridades de seguridad y medicatura forense correspondiente para que se apersonen al lugar.

La cajita de muñeca ha dejado de sonar.

En pocos minutos los policías rastrean todo el perímetro, pero no encuentran rastros de ninguna persona en la casa más que el cuerpo inerte de la pequeña Sara. Las patrullas se mantienen en un radio cercano intentando dar con la captura de cualquier sospechoso.

Poco después, llega al lugar el médico forense, hombres de blanco comienzan a entrar por el patio de la vieja casucha, una ambulancia consigue estacionarse en la orilla de enfrente, un vecino le ayuda para que pueda llegar con rapidez.

La calle se ha llenado de personas que husmean, buscando respuestas, ¿Quién podría haberle hecho algo tan aberrante a la pequeña Sara? ¿Dónde está su madre? ¿Por qué nadie escuchó nada? Preguntas sin respuesta por el momento.

Dos patrullas de policías continúan analizando y buscando pistas minuciosamente en calles aledañas, rápidamente se abre una investigación para encontrar al autor de aquella muerte tan inocente de forma despiadada.

El agresor observa con cautela el cuadro, disfrutando del resultado de esa tragedia.

*****

Se cuenta que hace muchos años vivía en aquella casa una anciana solitaria y amargada, a la cual no le gustaban las visitas, rumores corrieron de que la vieja anciana se dedicaba a la brujería, extrañas recetas adquiría en los boticarios, personas de calles aledañas la habían identificado sosteniendo comportamientos inusuales, saliendo de los cementerios a altas horas de la noche, muy pronto los vecinos empezaron a llenarse de ideas y se unieron para buscar una solución a aquel problema que atormentaba a sus hijos, pues la misteriosa casa estaba en todo el centro de la calle y muchos de los niños tenían que rodearla para llegar a la escuela.

La anciana tenía una hija, era su única pariente quién no parecía quererla ya que escasas veces la visitaba.

Al poco tiempo, la anciana comenzó a enfermar misteriosamente, no había quien quisiera cuidarla, poco a poco fueron desapareciendo los niños de aquella barriada sin que nadie supiera el origen de estos sucesos, por más que las autoridades investigaron nunca los encontraron, los vecinos estaban devastados, atemorizados pues sentían que la vieja anciana tenía algo que ver con estas desapariciones así que idearon la manera de ingresar a su morada para investigar si todo lo que sobre ella se hablaba era cierto y, de ser así, acabar con la vieja bruja de una vez y por todas.

Lo que encontraron les heló la sangre: velas, sesos, dedos, cabellos, retratos, frascos con restos, sangre, libros de hechizos, plumas y un espejo plateado que les llamó mucho la atención. Tal era su impotencia en no poder comprender todo lo que estaban contemplando y sumidos en la desesperación, pues el escenario en el que se encontraban no dejaba cabida a la razón, salieron de allí lo más pronto posible y resolvieron que acabarían con ella y toda su descendencia.

Una noche, uno de los vecinos se acercó a la orilla de la casa de ladrillos, llevaba dos tanques de gasolina y una caja de cerillos. La casa ardió en llamas, nadie acudió a los gritos desesperados de la anciana que ahogaba su voz en el devastador fuego que consumía rápidamente la propiedad. Solo su gato negro se salvó de aquel siniestro.

Fue hasta el amanecer cuando los bomberos pudieron socorrer el incendio y gracias a las constantes llamadas de calles adyacentes, que dieron parte. La policía se apersonó al lugar, todos los vecinos se pusieron de acuerdo para indicar que no habían escuchado ni visto nada hasta que las llamas hirvientes los despertaron.

De aquella casa, solo quedó un viejo espejo y un relicario como únicas pertenencias de la anciana que fueron entregados a su hija, quien no quiso saber en qué circunstancias murió su madre; el caso nunca se resolvió dejando una estela de teorías y sospechosos.

Vecinos aledaños concordaron en que la viejecita era muy anciana y tal vez senil para haber provocado un incendio ella sola. Tal vez una vela encendida, una llave de gas abierta, un candelabro mal colocado pudieron ser la causa de aquel siniestro más la policía conocía perfectamente el resultado de sus investigaciones.

Años más tarde, una mujer llegó a la propiedad que había sido remodelada recientemente. Una parte de la casa fue revestida con madera fina, aunque pintada seguía manteniendo esa atmósfera fría y tétrica en la que la anciana habitaba.

La mujer traía consigo una pequeña, de rubios cabellos y rebosantes mejillas que llevaba colgado en su cuello aquel antiguo relicario de plata. Aquella mujer que los lugareños desconocían y su pequeña hija comenzaron a vivir en la casa, buscando la paz y la tranquilidad que hace años atrás les fue arrebatada.

Los días pasaron y los rumores de sus identidades también.

Desde la hermosa habitación rosa todavía se escucha el sonido de una cajita de música.

El resto… ya lo sabes.

El coleccionista de almas

Entre los recónditos rincones de aquel caserón, una atmósfera lúgubre albergaba el oscuro secreto que por años se mantenía atrapado entre sus paredes.

Cerca de aquel edificio, una hermosa laguna deslizaba sus aguas plácidamente, rodeado de frondosos árboles de abeto, sus fresnos con gran verdor y sus florecillas amarillas camuflándose entre la espesa llanura que rodeaba el lugar.

Todos se habían ido. Día tras día busqué en cada sitio, en cada rincón.

Recuerdo aquel momento como si fuera ayer... Podía ver cómo se reflejaba mi triste y opaco rostro en aquella laguna alejada, a lo lejos escuchaba sus gritos mientras corría entre las llanuras con la esperanza de detenerme.

Caí. Fue un hermoso sueño pacífico en el que me dejé adentrar, me abrazó lo profundo de su naturaleza y por única vez fui libre del sufrimiento que hasta ese día me acompañó, dejé atrás las penas que mi pasado me asignó alguna vez.

Al abrir los ojos divisé un lugar nuevo, un caserón hermoso lleno de nuevos comienzos y en la cúspide de mi vesania se entrelazaron las conciencias que habitaban en un cuerpo que, por mucho tiempo, creyó estar solo.

Ella, bailaba por doquier y coreaba un cántico infernal; sus ojos poseídos, se sumían rememorando en su mente aquella escena que jamás vivió. La otra viajaba a través del viento; sus largos cabellos rubios revoloteaban entre la brisa e iluminaban con su luz todo el lugar, reía adormecida en el néctar de su dolor.

Aún escucho su eco, aún la recuerdo. Su mirada era una sombra que incluso hoy se destiñe entre la delgada ráfaga de mi felicidad.

Cuando las penas perduran en el tiempo, la desdicha y la amargura son nuestros más fieles compañeros y en el borde de la locura una sonrisa fingida nos perturba todavía menos.

Entre los tibios pasillos de este oscuro lugar hoy vuelvo a recordar, la sangre derramada, los cuerpos que nunca podrán encontrar, las almas que pasaban a mi alrededor sin tiempo de mirarme a los ojos, en la premura corrían atormentadas, buscando un consuelo que les permitiera avanzar, alguien que los liberara del mundo desabrido en el que deambulaban, una salida que acortara su tiempo, su dolor. El mismo dolor que me vuelve a invadir.

Con fuerzas recreo un grito ahogado que calma mi sufrimiento, mis lágrimas ya no pueden salir, el tiempo se ha acabado, pero no puedo continuar. Siguen atrapadas dentro de mí. El fuego se acerca y la desesperación me hace ruin.

En este oscuro caserón, entre las frías paredes nuestras conciencias, se vuelven a juntar esperando que en el próximo viaje logren negociar su libertad.

Mientras existan almas con sentimientos oscuros, el mal permanecerá entre nosotros.

El género negro es atroz, da miedo y nos perturba, pero la vida real es mucho más escalofriante y desmedida; el terror es real, las víctimas existen, el doloroso recuerdo de la pérdida también. Ahora dime: ¿Qué tan alejadas podrían estar estas historias del mundo que te rodea?

Agradecimientos

Agradezco a todas las personas que de una forma u otra me han apoyado en este hermoso camino literario, a todos mis lectores que confiaron en mí y en *Subconsciente*, mi primera novela.

La sombra del usurpador es mi incursión en este género con el cual, a través de cuentos cortos, reflejo una realidad que también forma parte de nuestro alrededor.

A mis lectores beta, Iris Frago, Iris Olmos y Florentino Hidalgo quienes, además de ofrecerme su gran amistad, han sido sinceros y muy críticos con este trabajo, no esperaba menos de ustedes chicos. Y a Patricia, mi editora, por acompañarme una vez más en esta gran aventura. A todos, gracias.

Y a ti, que estás leyendo estas cortas líneas y que ahora eres parte de esto, espero que, a través de estas historias, hayas visto la perspectiva que muy pocos se detienen a observar pero que sucede, tal vez, muy cerca de ti.

Información del autor

La escritora Flor M. García nació un 13 de septiembre de 1,986 en la ciudad de Aguadulce, provincia de Coclé, República de Panamá.

Realizó estudios secundarios en el Colegio Rodolfo Chiari de Aguadulce, Coclé. Egresada de la Universidad Tecnológica de Panamá con el título de magister en Ingeniería de Software Aplicada. Actualmente reside en la ciudad de Panamá donde labora en el área bancaria tecnológica.

Promueve la literatura a través de su cuenta de bookstagrammer @miestantedelibros507. Forma parte de Bookstagrammers de Panamá @booktimes.pty creado para promover las obras de los escritores panameños e impulsar la literatura en todo el país.

Subconsciente, una novela de thriller psicológico que publicó en el 2021 fue su primera incursión como escritora, trayendo consigo una historia de suspenso psicológico que intrigó a sus lectores.

Puedes seguir su trabajo a través de su cuenta de autora en Instagram @florm.garcia

Sus libros están disponibles en Amazon y en diferentes librerías del país.

Made in the USA
Columbia, SC
04 June 2024

36309135R00086